洋眼看中国

*Chinese People's Thoughts*

# 中国人的想法

〔日〕奥野信太郎 著

王新民 〔日〕村濑士朗 译

 上海三联书店

**图书在版编目（CIP）数据**

中国人的想法 /〔日〕奥野信太郎著；王新民，
〔日〕村濑士朗译 . —上海：上海三联书店，2021.2
（洋眼看中国）
ISBN 978-7-5426-7293-3

Ⅰ.①中… Ⅱ.①奥… ②王… ③村… Ⅲ.①散文集
—日本—现代 Ⅳ.① I313.65

中国版本图书馆 CIP 数据核字（2020）第 246237 号


**中国人的想法**

著　　者／〔日〕奥野信太郎
译　　者／王新民　〔日〕村濑士朗
责任编辑／程　力
特约编辑／蔡时真
装帧设计／鹏飞艺术　周　丹
监　　制／姚　军
出版发行／上海三联书店
　　　　　（200030）中国上海市漕溪北路 331 号 A 座 6 楼
邮购电话／021-22895540
印　　刷／三河市中晟雅豪印务有限公司
版　　次／2021 年 2 月第 1 版
印　　次／2021 年 2 月第 1 次印刷
开　　本／640×960　1/16
字　　数／113 千字
印　　张／13

ISBN 978-7-5426-7293-3/I·1679

定　价：46.00元

奥野信太郎

# 课堂上的奥野先生

（代序一）

芳贺日出男[1]

昭和十三年（1938），奥野先生结束了外务省在华特别研修班，即北京大学的留学生生活回到了日本，那年他39岁。回国后即被他母校——庆应义塾大学聘为文学部讲师、大学预科教授。

昭和十四年，我考入庆应大学的文学部预科，在汉语课上第一次见到奥野先生。那天，他身着笔挺的藏青色双排扣西装，手捧讲义夹子，步子急匆匆地走进教室。学生们都庆幸自己遇上了一位精力充沛而又帅气的年轻教授。

奥野先生刚走上讲台，教室的后排座上便喊声四起：

"先生！讲讲妖怪吧！讲讲妖怪吧！"

"给我们讲讲中国妖怪的故事吧！"

这些高声叫喊的，都是我的"前辈"——滑雪部或是空手道部

---

① 芳贺日出男：日本摄影家、民俗研究家。1921年出生于大连，毕业于庆应义塾大学文学部。1985年成立芳贺文库株式会社，任董事长。1997年获"日本写真协会功劳奖"，2000年获"日本文艺大奖民俗文化奖"。

1

的留级生。我是个新生，哪见过这个阵势？背上都吓得出了冷汗。

奥野先生也并不制止，倒是有声有色地讲起了鬼怪故事。记得当时他是这样说的：很早以前，有个科举落第的年轻后生，遇见一个年轻美貌的女子。他被女子领着，懵懵懂懂地住进了坟墓。那个美貌的女子原来是个幽灵，就把年轻后生的魂灵给掠走了⋯⋯先生喜欢讲妖怪的故事，这在整个学校是出了名的。所以，他的课程是最受学生欢迎的。很多年以后，有一次我跟先生在酒吧闲坐，又听到他给女招待们讲起妖怪的故事，故事情节当然还是与当年我学生时代在课堂里听过的一模一样。奥野先生二十多年来在人们的期待中讲谈妖怪的故事，绘声绘色，可以说，口才已经炉火纯青了。

大家正在教室里听得入神之时，他会突然发问道：

"你们知道现在讲的这个故事，在教科书的多少页吗？"

据说，这些故事与明代的奇异小说《剪灯新话》①有关。

昭和十四年（1939），我们使用的汉语教材名称叫作《中国文学新选》，是由先生和书法家西川宁先生编写的，可谓辞藻华丽、故事离奇。

芥川龙之介的小说《杜子春》，是以中国《唐人传奇》中的名篇《杜子春传》为素材而写成的。我也是第一次在这本教材里读到《杜子春传》。先生说，这是一篇以唐人与波斯王国通商以及拜火教为背景的作品。

先生给我们做过有关唐代诗人张若虚的《春江花月夜》的讲座。他口若悬河，一口气背完全诗，并即席翻译成日语。用词之美，俨

---

① 《剪灯新话》：明代瞿佑撰写的文言短篇小说集。

然就是明星派诗人。课堂上学生们凝神屏息，手心里捏着汗，教室里静悄悄的，就连一根针掉在地上的声音都能听见。

奥野先生的课休讲的次数颇多，圈定的考试范围也很小，因而愈加受到我们的欢迎。

我学的是中国文学专业，奥野先生给我们讲明清两代诗人的《作家论》。在一年里，他讲了李笠翁、金圣叹、袁枚等八位作家。可是，进入预科后，他的课程却一反常态，教科书特别难。当时，他给我们讲诗人袁枚，令我至今都不能忘怀。

袁枚不仅是位诗人，还是位著名的美食家，是进入奥野先生讲义最合适的人选。"随园"是他家的庭院，故人们称他"袁随园"。他还出过一本《随园食单》①，是中国古代菜肴的专著。奥野先生在介绍作为诗人的袁枚的同时，也没有忘记向学生们渲染作为美食评论家的袁枚的种种轶闻趣事，让学生们从他的讲义中"饱尝"了袁家的美食。

昭和十八年（1943）年初，日本战局出现了危机，大学的校舍里连过冬取暖的燃料都没有。入冬之后，教授也好，学生也罢，都裹着大衣去教室里上课。当时，大学的研究室在纲町②，是一座木质结构的建筑物，里面被隔成一个个小房间。学习中国文学的学生有五六个，在奥野先生的指导下编写《楚辞》的索引，要将所有的词句都制作成卡片。当时，人们在战争的泥潭里度日，谁还有心思做这样的作业？但奥野先生好像有着什么远大的计划。

---

① 《随园食单》：清代文学家袁枚撰写的古代中国饮食名著。
② 纲町：位于现在的日本庆应女子高中校舍一带。

严寒之中，学生们哆嗦着身子，忙着编写《楚辞》中《离骚》《天问》等的词语卡片。奥野先生则在一旁给我们灌输传承文学的问题，滔滔不绝，陈词慷慨。

据说，《楚辞》是在楚王身边供职的老臣——屈原传承下来的口头文学作品，但其中的诗句基本上都是祭祀时所唱的歌曲，是招徕神灵的歌谣。在祭祀的时候，人们唱着《离骚》《天问》中的诗句，载歌载舞，好像就能与神灵沟通了。由此可知，《楚辞》应该属于中国的鬼怪类文学作品吧。

冒着严寒，我们抄写着那些简直要令人晕倒的、超现实的《楚辞》词语的卡片，手指都冻得红肿了。奥野先生也与我们一起专心致志地做着这些枯燥的工作。

晚年的奥野先生成了电视时代的宠儿，每天都特别忙碌。偶尔遇上先生，看着他那急匆匆远去的身影，我的眼前总是禁不住想起那个寒冷的冬天，先生领着我们师兄弟全神贯注做《楚辞》索引的场景，一股暖流便会悄然流过心田……

# 奥野先生的读书与逛街

（代序二）

佐藤一郎 [1]

书籍就是活物，由于爱书的人们的传承，我们有缘与各种各样的"活物"见面。人们既可以抱着自己专业方面的书籍，斟字酌句地研究，也可以挑选自己喜爱的书籍，不求甚解地阅读。即便只是将书籍放在书桌上欣赏，对于真正的爱书者来说，也绝非不是一件身心愉悦的事情。

奥野先生在发掘自己喜欢的新书方面，确是一位无与伦比的高手，或者说，他是一位鉴赏达人。先生与他陈列在住宅和研究室里的上万卷日、汉、英文书籍，始终保持着亲密无间的关系。也就是说，他凭自己的眼光和脚力四处淘来的这些书籍，在他看来就是美妙动听的交响乐曲。精读用的，泛读用的，以及其他各种类型的书籍，可谓是应有尽有。先生在查阅资料时，虽然也利用图书馆或研

① 佐藤一郎：1928年出生于日本东京，庆应义塾大学名誉教授，中国文学研究专家。1950年毕业于庆应义塾大学文学专业，1991年取得博士学位。1993年被聘任为庆应义塾大学名誉教授、大正大学教授。著有《中国文学史》《唐宋八家文》等，曾与奥野信太郎合译《现代中国文学全集·曹禺篇·日出》。

究室的书籍，但自掏腰包选购古今图书，始终是他生活中最大的乐趣。

当然，购书之后，随之而来的就是如何保存书籍了。先生喜欢把他自己淘来的书籍比作"沦落风尘的女子"。他说，书籍的待遇是随着它们主人的境遇而发生变化的。我以为，唯有身为文学家的奥野先生才如此诙谐，并深深地为明治一代人们缺乏想象力而深感痛心。

先生逛街，无非就是古书、美酒、朋友和女人这几件事吧。一如他在随笔这个文学领域里一样，穿过大街到达小巷，又从小胡同迈步走向大马路……艰难而持续地探索着自己独自散步的路径。然而，如果没有这样的彷徨，也就不可能产生"奥野文学"。他所"彷徨"的舞台就是东京和北京，他效仿《汉书》作者班固的写作手法，使得自己的作品充满了浓郁的《两都赋》①的情趣。由此可见，先生的作品是理智的探索与唯美的追求相融合的成果。

这是笔者的亲身体验。我曾经陪先生一起去过涩谷的酒肆"此之花"。先生是有名的"酒馆串子"，大概是平素里练下的功夫。不知为什么，酒馆里闯进了两个混混。先生厉声呵斥道：

"快走，你们跑错地方了！"

当时气氛很紧张，双方的争吵一触即发。可是，对方却一言不发地溜走了。我就像看了一幕精彩的戏剧一样。要是万一出了差错的话，该怎么收场呢？我至今想起来手里还捏着一把冷汗呢。

先生逛街唯一不能缺的去处是古旧书店。他即便在从这家酒肆

---

① 《两都赋》：东汉文学家、史学家班固创作的大赋，分《东都赋》与《西都赋》两篇。

往那家酒肆移动的过程中，也会找些胡同里不知名的小书店歇脚。他或者能从堆积如山的杂书中淘出珍宝，或者与熟识的店主聊一番闲话……不过，他很快还是会消失在花街柳巷之中的。

要是认为奥野先生是一个很能喝酒或者是嗜酒如命的酒徒的话，那就大错特错了。他喜欢的只是酒席上的那种氛围，喝的是"气氛酒"。除了必须的社交场合，先生在自己家里是从不碰酒杯的。因此，在他家的酒柜里，放满了别人送给他的礼品，日本酒、中国酒、西洋酒，可谓应有尽有。因而，居住在他家附近的朋友或弟子，便有幸常常收到他馈赠的酒。

在自己家里，先生的学习十分勤奋。不管什么时候去他家，总会看到他在写作，孜孜不倦地应对着各种各样的约稿。至少，笔者所了解的情况就是这样的。不过，要是借用他已故的薰夫人的话说，那就是："只要一出门，他就像断了线的风筝，谁也不知道他去了哪里。"

既是"去向不明"，就得备下夫人所不知道的"小金库"啊。因此，他就会安排一些资金的周转，找几个地方藏私房钱；有时，他还会把自己关在研究室里写些稿件挣零用钱……然而，他的这些小伎俩几乎没有不被夫人识破的。总之，先生所采用的那些对策，处处都显得笨拙可爱。

先生在某种程度上牺牲了家庭的和谐，而日夜在街上晃悠，到底是为了什么呢？他最近出版的《故都芳草》中做了巧妙的自白。他说："我很喜欢'故都芳草'这个标题，所以，特意刻了这么一方篆刻印章。当时的北京也是名副其实的'故都'，到处都充斥着颓废的气氛。"

体现都市精神的文雅与幽艳，是奥野文学的主旨。与其说他是一个用套话介绍东京、北京那些琼楼玉宇的导游，倒不如说他更像是一个四处游走、用自己的双眼寻觅都市精彩的人。可以说，先生最擅长的就是在大街小巷里漫游，然后将自己印象深刻的东西如实地、精彩地呈现在读者的面前。先生这种喜欢寻求刺激的生活态度，已经形成了他自身的特色，至今想起来依然令我感到十分亲切。

# 目　录

# 中国人的想法

初春时节，早晨刚从睡梦中醒来，便听到了鸟的叫声，是那种平时难得听到的鸟的叫声。这令我想起了我年幼的时候，在东京麹街或是僻静的街巷里听到的、好似杜鹃鸟的叫声——那时的东京还很安静。我问中国朋友那是什么鸟在叫，他们告诉我，那是"光棍好过"，真是一个很长的名字啊！我又问道：这鸟的名字怎么这么长呢？他们回答说，那鸟的叫声听上去就像是"光棍好过"嘛！

所谓"光棍"，是"单身一人"的意思。这种鸟边发出"光棍好过"的叫声，边从人们的头顶上飞过去。

类似这样的例子，在哪个国家都是可以列举许多的。不过，当我在胡同的深处听到这种鸟叫，并知道了它的名字之后，确实感到很有趣。绝不会像中国人那样，用一些开玩笑的、讥讽的，甚至是揶揄的比喻来形容它了。

翻阅乾隆年间的小说《红楼梦》，您一定会为大观园、怡红院等建筑的华美，为那些沉醉在芳香浓郁的美梦中的少爷小姐们，以及他们错综复杂的家族关系而惊叹不已。也许，您会觉得《红楼梦》已经是一个隔世的梦境了。然而，隐含在其中的许多故事，诸如男女之间的纷争、人情世故的因袭，等等，涉及社会生活各方面的陈规旧制，虽然不再像过去那样严格了，但还是很明显地沉淀在了现代中国人的日常生活之中。我在日本曾经翻阅过《红楼梦画册》，当时曾经以为这些东西无非是作者根据自己的想象，或是根据当时的情形绘制而成的。可来到中国一看，那本图册上所描绘的房屋结构、庭院设置、日用器具等，简直就跟现实生活中的一模一样。自古以来，人们就传说，《红楼梦》中大观园的景物，就是依照北京什刹海北岸的醇王府的样子描写的。当然，其中难免会有后人根据自己想象做出的推断。可是，您要是对照画册看一看，从醇王府的旧戏台，沿着芦苇丛生的池塘边的回廊走过去，攀登来到假山顶上的亭子前……可能就不会轻易否定这种说法的真实性了。可以说，这就是小说中的大观园的景物至今还存活在世间的证据。

存活在世间的，还远不止大观园的景物。那种复杂的家族关系、家庭状况，也始终存活在当今的中国。虽然，有些方面已经不如当初那么刻板和完备了，但无论在城市还是乡村，那种大家族主义的庄重，以及由此而派生出来的烦琐礼节、道德观念等，却始终被严格地遵守着。不管是住在大城市里的富商大户们，还是地方上那些被称为土财主的大户人家，对于这些民族资产阶级来说，十分痛苦，却又难以挣脱的，就是这种复杂家庭关系的桎梏。他们拥有数十人乃至上百人、一百二三十人的大家庭，而且必须支撑着这个大家庭的门户。因而，他们将飞过自己身边的鸟的叫声，听成"光棍好过”，不能不说具有深切的讽刺意味。

中等阶层以上的家庭一般都有厨师，由厨师打理厨房的一切事务，这是再常见不过的事情了。日本的家庭雇用厨师也并不是罕见或奢侈的事情。当然，要给这些厨师支付工资，但更多的是采用"包饭"这样一种雇用制度。按照事先约定的一餐多少钱，或者一人多少钱的标准，由厨子做主调节伙食。因此，要是能够在这个标准之内将伙食办得物美价廉的话，节省下来的钱就归厨子自己，那样的厨子才算有本事。雇主们在招待客人时，也常常采用这样的做法。所以，那时的厨子都是要向雇主提交账单的。以上所举的仅仅是一个例子。以一知万，从中我们可以得知中国大家族生活构建的基本状况。一个大家庭生活在同一个屋檐下，姑且不说贫民，即便是一般的家庭也是不可能做到的。在一栋房子里，不厌其烦地用墙壁和门分割开来，分成许多独立生活的家庭。诚如人们所知道的那样，不同的家族阶层，居住的房屋也是有高下之分的。

在中国，"院子"这个词，远不是日本院子的意思。您要是以为中国的院子也与日本的院子一样，有曲篱环绕，有白墙蜿蜒，旁边是南天竹红红的果实，树丛中不时传来家雀婉转的叫声……那就大错特错了。在那连成一片的高宅深院中，看到的是妻妾们相互仇视的目光，听到的是同父异母兄弟们悲苦的叹息，一如那铺满院子的冷冰冰的砖瓦。大家族主义的确已经成了一个空架子，但这个"空架子"却依然是沉重无比的。所以，家长作为大家族的维护者，背负着如此沉重的责任，可谓辛苦到了极点。说到"大家族"，人们可能会简单地认为就是"一夫多妻"。其实不然，中国的大家族就是尽量不让子女分家，以一个宗室家族的形式生活在一起。为此，亲戚中的那些穷人，为了依附富有的宗亲，也就自然成了他们的雇工。可见，在这样"大小有序"的思维方式的浸淫下，即使是贫民阶层，也难以摆脱这种幽灵般的阴影。

据说，在卢沟桥事变初期，有个在大户人家当差的仆人的远房亲戚——平素没有来往的老亲戚，家里断了炊，便来找这个仆人借粮食。这个仆人虽然很不情愿，但还是施舍了一些给他。要是问他为什么不拒绝那个远房亲戚，他会回答说：借点给他这是"规矩"啊。中国人一直被"规矩"这个词束缚着。他们所说的"规矩"，与我们平时所讲的"规则""规律"并不是同样的概念，也不是"习惯"这个词的意思。接近日本"义理（情面）"这个词的含意，是指那种道德上的习惯。原来这就是"规矩"，这就是他们经常挂在嘴上的、实际上是与"规矩"背道而驰的东西。有时，为了维护这个"规矩"，人们真是吃尽了苦头。

这类大家族的生活乃至思想，是导致自然家族礼仪烦琐化的根源。中国人是怎样重视庆吊仪式？我想，即便是外国游人也能一目了然。像结婚时下"聘礼"这样的事情，日本早已从简了，可中国还是没有丝毫改进，一切刻板的礼仪如旧。不仅仅是特别注重旧有的礼仪，就连聘金也极为看重。因此，可以说，下层阶级的男人们就必须为了筹集结婚费用而辛勤劳作。结婚之后，也很快就得与妻子分别出去打工挣钱。即使不能在同一个住所居住，他们也并不在意，一个月只要能够相聚一两次也就心满意足了。他们认为这是自己命该如此，一切都要认命。

类似这种好不容易结了婚又不能住在一起的男女，其实跟单身没什么区别。所以说，对于那些为了筹集结婚费用辛勤劳作而又很难达到目的的人们来说，"光棍好过"的鸟叫声，既是他们绝望心情的表达，也是一种温柔的情感慰藉。

中国人有句口头禅，叫作"没法子"，这也反映了他们的思维方式。"没法子"，他们总是脱口而出的这句话，其实是用以表明自己对某件事情绝望的心情。虽然，在日语里我们也可以找到与之相同意思的词来翻译，例如"しかたがない"①"施す術なし"②等，但实际内容却是不一样的。要是一概而论地将他们所说的"没法子"理解成"绝望"的话，难免误入日本式的单纯，是对中国人肤浅的理解。往往他们嘴上虽然在说"没法子"，但心里并不着急，有时甚至还会表现得悠闲自得。其实，他们所说的"没法子"，包含着各种各样的内容，例如，"等待机会吧""现在要是这么做的话，损失可能会比较大""以退求进"，等等。因此，他们即便表示"没法子"，也未必就是真的，有时只是一时的敷衍而已。然而，对于他们这种欺瞒的做法，我们有时竟会自以为是、误以为真，不能不说是非常愚蠢的。

这种"自以为是"，形成了我们全面误解中国人意思的基础。中国人在社交方面的得意之处，正是日本人屡屡丢丑的地方。哪怕是初次的交往，他们居然也能相处得像多年的老朋友那样热络。自古以来，中国人就创造了许多词汇来形容朋友之间的亲密无间，例如"断金"③"绝弦"④"管鲍之交"，等等。其实，这不过是他们敞开

---

① "しかたがない"：汉语的意思是"没办法"。

② "施す術なし"：汉语的意思是"无计可施"。

③ "断金"：即"断金之交"。出自《周易·系辞上》，指深情厚谊的朋友。

④ "绝弦"：断绝琴弦的意思。典出《伯牙绝弦》。

胸怀吐露真情，向人们表示他们的可信度。只是我们这些急性子的日本人，对他们所寄予的期望太高罢了。人们彼此之间期望值的高低，要视相互之间友情的程度而定。如果一厢情愿的话，就不免会产生失望的情绪。而每逢此时，他们的作为却总是与我们的期望背道而驰。我们之所以产生失望，究其原因，是我们的性子太急，单方面夸大彼此之间的友情，产生了不切合实际的期望值的缘故。每当遇到这种情况，我们又马上会火冒三丈，认为对方背叛了自己。这在他们看来，也是很难理解的，心想：平时都是坦诚相待的，怎么为了一点小事就翻脸不认人呢？要是再向他们进一步说明自己的想法的话，他们必定会嘲笑道：你们总是多疑，我已经尽到礼数了。

这样的结局，对于双方来说都不是什么愉快的事情。本来大家都以为是件好事，结果却不尽人意。可以说，类似这样不幸的事情，我自己经历过，许多日本人也都尝过苦果。

要是再举一例的话，那就说说许多旅游文章上提到过的中国人一般都喜欢小鸟这件事。中国人喜欢小鸟是真的，并非虚言。一群目不识丁的苦力，驻足在悬挂着鸟笼的老树下，如痴如醉地聆听鸟儿们婉转的啼鸣……这在北京的街头并非难得一见的风景。每当看到这样的情形，就会马上勾起我们自己的雅趣来，进而为他们的优雅情趣深深地折服，并由此断定中国人是爱鸟的。他们真的爱鸟吗？喜欢鸟是没错，但"爱"就未必确定了。他们在训育鸟的过程中得到了乐趣，这是不争的事实，但他们训练鸟，是为了让它们进行特技表演。那些可怜的鸟儿，为了一粒谷子，必须卖力地表演，表演完毕，从空中飞到主人的身边，用自己的尖喙从饲养人的唇间叼取食物。可见，对于鸟，他们绝对谈不上"爱"，一切都是取决于鸟的表演能力。就我的观察而言，那种训练可以说是很冷酷的——与"爱"无关，唯有"残忍"可以形容。

即便是响彻云空、令人愉悦的鸽哨声也是如此。在众多的游记中，都记录了中国人是喜爱鸟的，但要是换个角度看的话，这种深信不疑实际上是一个很大的错误，可以说，这样的观察是肤浅的，仅仅是皮毛而已。

众所周知，自古以来，在中国就有许多幽灵、狐怪的传说，但是，这些鬼怪故事除了些许令人感觉离奇外，并不能使我们感到恐怖或战栗。有时不光不能使人感到恐怖，甚至还有一种滑稽的感觉。让我们来看一看源自明代鬼怪小说集《剪灯新话》的《牡丹灯笼》吧。这个故事就丝毫没有恐怖的感觉，它的最后一段，乔生、符丽卿以及丫鬟金莲的亡灵，在铁冠道人的法术之下，被驱使到城市的西门外，遭受责打，哭声一片……真正滑稽得令人捧腹。

说到底，这些鬼怪故事，无非就是一些幽灵、妖怪之类的超现实的东西，它们总是与人若即若离，留下吓人的话题，给现实世界投下阴影。要是将那些超现实的东西引入现实世界的话，人类行为的怪异与丑陋恐怕是有过之而无不及，那些鬼怪故事的主角也就失去了吓人的威力。

在日本，也有很多不带恐怖色彩的鬼怪故事。因此，我们就需要考虑一个问题，那就是日本人与中国人在对待鬼怪故事的态度上到底存在多大的差异？也就是说，对中国人来说，鬼怪故事是否带有恐怖色彩，并不决定该鬼怪故事是否具有致命的作用。另一个例子就是汤临川的戏剧剧本《牡丹亭还魂记》①。在那个戏剧舞台上，观众能够看到幽灵的影子。时代是南宋，地点是南安府，太守的女儿杜丽娘在跟当地的老先生学习诵读《毛诗》②中"关雎"章节时，只觉得自己的心"扑通、扑通"地直跳。一次，她在侍女的陪同下去花园散步，不知不觉打了个盹。梦中，她看到一位手执柳枝的秀才。两人站在牡丹亭旁，嬉笑言语，相谈甚欢。正当此时，头顶上突然落英缤纷，她的好梦被惊醒了。同时，柳秀才有一天也梦见在花园的梅花树下站着一位姑娘。自那之后，他就一直把那个姑娘挂记在心上，并把自己的名字改成了"柳梦梅"。

杜丽娘整天闷闷不乐，不久就病死了。死前，她给自己画了像，并在画像上题写了诗。她的父亲杜宝按照她的遗愿，葬丽娘于后园太湖石的假山之下。为了吊唁方便，还在后园建了梅花庵。三年之后，在进京应试的途中，青年才俊柳梦梅偶然夜宿梅花庵，看到杜丽娘的画像和题诗，想起了自己曾经在梦中见过的姑娘。

于是，杜丽娘的幽灵就有了与柳梦梅相见的机会。她的幽灵每夜都来梅花庵与秀才相会，直至天亮前离去。一天夜里，幽灵把如何挖开梅树下的墓穴、如何使自己重生的方法教给了柳梦梅。终于，二人在梅花庵结成了夫妻……后来，柳梦梅殿试高中，当上了状元。由于妻子杜丽娘思父心切，柳梦梅便陪着她，回到淮安城里，第一次见到了自己的岳父杜宝……听完这个过于离奇

---

① 《牡丹亭还魂记》：明代剧作家汤显祖创作的传奇剧本，刊行于明万历四十五年（1617）。
② 《毛诗》：指西汉时，鲁国毛亨和赵国毛苌所辑和注的古文《诗》，也就是现在流行于世的《诗经》。

的故事，杜宝根本就不敢相信，硬是将柳梦梅送进了监狱。时隔不久，皇上知道了这件事，经过圣裁，柳杜二人的恋情才得以重见天日。

在这部戏曲里，很显然，故事就是现实与超现实相交错的产物。进而言之，这种交错的现实与超现实，又是何等的怪异。由此不难断定，作者编造这样的故事情节，主要是为了吊起读者的胃口。

中国人不仅仅在鬼怪故事方面可以人鬼结合，就连完全不同的思想、感情等，也能心平气和地兼容共存。如果一定要说中国人的一个最大的特点的话，那就是所有的矛盾在他们的眼里都不成其为矛盾。例如，《山海经》里的西王母，绝不是人们印象中的绝世佳人。我想，这个集虎面豹尾为一身的西王母的原型，实际上就是中国人整体的一个化身。由此，可以窥见他们性格的复杂性、含蓄性和神秘性。要是用人体来形容的话，日本人很在意自己吃下去的食物是否消化，他们是靠着这些食物所产生的营养而生存的。而中国人则不一样，他们并不在乎那些吃下去的食物是否消化，即使那些食物不消化，都排泄掉了，但他们还照样活得很坦然、很健康。

在生活中，对于所有的矛盾，一概不加追究地包容并蓄，既暴露了他们的弱点，也说明了他们的强势。林语堂先生将中国人最显著的特质归结为：忍耐、冷漠和狡诈。这三点都来源于对矛盾的麻木不仁或漫不经心。

说到底，这三者的结局都是相同的。

《太平广记》一书中，有个短篇故事，题目叫作"板桥记"。说的是南宋年间，巫婆三娘子在汴州西面的板桥开了家旅店，人称"板桥三娘子"，接待南来北往的旅客。她利用巫术将住店的旅客变成驴子，转手倒卖，赚了许多钱。她的伎俩被旅客赵某识破，中计吃了赵某偷梁换柱的饼，顷刻变成了一头健壮的黑驴。赵某骑着三娘子变成的驴，四处周游，日行百里。第四年，赵某骑黑驴入关，至华岳庙，遇见一位老人，老人拍手大笑曰："板桥三娘子，何得作此形骸？"谓赵某曰："彼虽有过，然遭君亦甚矣！可怜许，请从此放之。"老人乃从驴口鼻边，以两手擘开，三娘子自皮中跳出，宛复旧身，不知所踪……我想，这种忍耐、冷漠又狡诈的特征，在板桥三娘子的身上表现得多么淋漓尽致。

在鲁迅先生的小说中，刻画了一个叫作"阿Q"的人物，是个"精神胜利法"的典型。他被人欺负了，挨了打，心里却想着："我总算被儿子打了……"然后心满意足地踱步离去。读着这样的一些故事，我们差不多也能悟出中国人是怎样融"弱"与"强"为一体的了，也就能够得知他们是怎样不动声色地"抹平"一切矛盾的了。

我以为，概括起来讲，中国存在着极端的实质本位和正反两面并存的文化现象。当然，这是否也包含了允许矛盾并存呢？我们就说儒教吧。儒教一方面是"实质本位"的日常教化体系，另一方面又是历朝历代当政者政治统治的理论依据。

道教、佛教虽然也在政治统治方面发挥过一些作用，但绝没能像儒教那样公然影响皇权的统治。那是由于儒教除了在社会生活中发挥它的实质性作用之外，还具有有效的宣传教化的作用。

中国人注重"实质性"的例子很多，在日常生活中可谓俯拾皆是。我们就说饭馆吧，要是日本人的话，不管是开个大饭馆还是小饭馆，总得营造点儿饭馆的雅致氛围。如果开家上档次的饭馆，无论是店堂的装修，还是服务人员的服装，以及餐具的选择，都是要费些心思的。然而，这个想法在中国却是错了十万八千里。在餐饮之都的北京，菜肴的美味之极与饭馆环境的寒酸之极，往往会同时令你惊讶得目瞪口呆。论其由来，这同样与中国人的"实质本位"紧密相连。在大多数中国人看来，吃饭的地方最重要的是菜肴的味道。要是在饭馆的装修、服务员的服装上瞎讲究，必然导致菜肴价格的上涨，岂不愚蠢透顶！而在日本人看来，地板上的坐垫，餐桌上的食具，女招待和服上的衬领、衣带等，都是与食物的味道密切相关的，或者说，这些内容都是饭馆菜肴口味的重要组成部分。中国人只讲究菜肴的口味而忽略其他，就这一点而言，中国人与日本人之间存在着很大的差异。

还有一些中国人是惜物如命的。当然，这并不排除贫民阶层生活十分贫困的因素，同时也不得不承认"实质本位"的精神已经融入他们的血液，养成了他们珍惜物力的良好习惯。

"实质本位"的一个重要特色也体现在宣传上。众所周知，中国人在宣传方面堪称一流，大到文化，小到琐碎的风俗习惯，无一例外地得到人们广泛的认同。

再说说我们初见宫殿城墙时的感觉吧。一般情况下，您是不会太在意宫墙内部的道路、设施之类的，总是首先被苍茫天空下雄伟的建筑物所吸引，为它的宏伟气势所折服。然而，当我们认真地琢磨它的细节，发现制作的工艺竟是那么粗糙不堪。万寿山的石舫，可以说就是一个合适的例子。

再让我们来看看戏剧吧。在中国戏剧中，最华美、最能吸引人眼球的，非勾画脸谱的"花脸"莫属。

在日本歌舞伎的演出中，演员勾画脸谱也是很复杂的，但要说分类的细致，与中国戏剧相比，简直就不值得一提。其复杂程度、华美的装扮，日本歌舞伎只能甘拜下风。

演武侠英雄的演员登台表演时，都在头上戴两条很长的鸟羽做的翎子。登台亮相之时，或者将一根翎子弯曲过来衔在嘴里，或者将两根翎子一起掰弯，做成一个大的圆圈，展示给观众。同时，亮相时还会利用身体的线条，呈现一个更加优美的造型，增强视觉效果。这也是演员向观众宣传自己艺术功底的一种方法。由此，可以看出，他们真是挖空心思、想方设法地宣传自己。

与朝鲜陶瓷的寂寞感、日本陶瓷的恭谦感相比，中国陶瓷是怎样追求奔放的风格和华美的感觉！粉定窑的素颜白瓷，绝非我们古志野白瓷①的韵味能够相提并论。粉定窑的白瓷虽然是单纯的白色，却有着饱满而强烈的动感。古志野的白瓷显得古雅，但给人的感觉却是过于内敛。中国瓷器给人的感觉是，从圆心出发，呈现出一种不断向外扩展的张力。钧窑亦然，哥窑亦然，明清的青花瓷亦然。而日本陶瓷的韵味，在于它能使你的心沉静下来，往深里说，它具有一种摄人心魄的魅力。

总之，在考察中国文化时，直觉告诉我：它具有"实质性"与"宣传性"并存的特性。至此所述，可以说是我对中国文化的一点感受罢。

---

① 古志野白瓷：纯日本式的白瓷，清纯而温文，与中国、朝鲜白瓷的孤高冷漠形成鲜明对比。

# 今昔中国谈

## 久违的中国

和木：奥野君，您最近作为学术文化使节团的成员访问了中国，请你谈谈在新中国的所见所闻吧。草野君，您长期居住在中国，都把中国当作了第二故乡，也请你来，我们一起聊聊中国的事情吧。

奥野：之前，我把学生们的情况对《时事新报》的记者讲了，受到了草野君的批评。

草野：你说的不是我吧。

奥野：有人说现在中国的学生们很幸运。我说过，在现在的中国，真正按照自己的意愿想上学就能够上学的人，只占很小的比例。我的这些话就被新闻记者给捅出去了。

草野：那不是我啊，我怎么会传那些话？以前我在中国的时候，能够接受学校教育的人只占到总人口的 10% 左右啊。现在要好多了吧?

奥野:去中国的人都说"好啊,好啊"的。我也不是因为每天受到他们的款待才这么说,事实上现在确实好多了。我们暂且抛开共产主义国家还是自由主义国家不谈,人们生活得安定,这是隐瞒不了的事实。

和木:是的,看一眼就明白了。

奥野:说得是啊。直截了当地说吧,北京周围应该算是模范区吧,所以非常完善啊。可是,要是去上海看一看,可能就会发现一些差异。再去广东看看,说不准还会发现卖淫女和乞丐呢。不过,可以很有把握地说,这些瑕疵用不了多久就会得到改善的。

草野:我想现在已经有了好转。

奥野:另一方面,民众非常信任政治家,这是一件很重要的事情。这样就会产生团结一致的力量。

和木:说到中国时尚的潮流,从中国回来的人都戴着鸭舌帽,穿着直领的衣服。他们那里都这样吗?

奥野:在北京,国家领导人都是那样打扮,年轻人们也就模仿啊。不过,上海没有国家领导人,穿西装的人还是很多的,来与我们见面的人就都穿的西装。要是再去广东的话,那里一直以来就是引领中国时尚潮流的。在北京,从毛泽东、周恩来到普通群众,大家都那样打扮。戴着列宁帽,穿着中山装,是为了表达对英雄的崇敬吧。

## 中国的共产主义

草野：我曾经与一位共产党员交谈过。他说，在新中国成立以前，
　　　是有许多规矩要遵守的。首先，为了潜伏必须要有一个职业，
　　　也就是掩护的身份。不过，日本的共产党却完全相反，他们
　　　的身份你一看便知。看来，我所知道的共产党人持重老成，
　　　此言不虚啊。即使是不识字的老阿姨也都很老成。这种成年
　　　人与少年合作共事的传统，从孙文先生时代就开始了，一直
　　　延续至今。而在日本仅限于明治一代，大正之后，就老人归
　　　老人，年轻人归年轻人了。而且，老人与年轻人之间的合作
　　　也显得很不协调。我离开庆应大学普通部去中国的那年是大
　　　正八年（1919），我十八虚岁。现在与那时的情况没有什么差
　　　别啊。后来，中国建立了新政权，很注重教育。这也是成熟
　　　的标志。

奥野：在此期间，我见到了一位重要人物，他就是中国人民大学的
　　　校长吴玉章先生。可我看到的并不是他严肃的"共产脸"，反
　　　而倒像是一位精通世故的绅士。日本共产党的党员们都板着
　　　"共产脸"，而在中国，你是看不到一个头上缠布条、打着红
　　　旗的人的。

草野：回想我在中国时，有两三件事情，至今印象还很深刻。那
　　　时"排日"情绪很高涨，我也对当时的排日情绪很不理解。
　　　我以为那一定是在中国的传教士和学校的老师们唆使的。可
　　　是，我住进学生宿舍后才明白，事实并非如此。学生本身才
　　　是"排日"运动的原动力，即便是小学生也是如此。中国的

学校就像私塾学校似的，大学、中学、小学都在同一个校园里。所以，小学生们也在问：日本人为什么要造那么多军舰啊？还举着旗子，在广州的街上游行演讲。碰巧的是，正好是大地震①的那年，我回日本参加征兵体检。倒是很幸运，我没有赶上地震灾害，平安地从神户回到了中国。当时，学生们成立了自治会，并借助这个名目开展赈灾活动。有学生倡议说：我们坚决反对日本政府的政策，日本政府必须放弃这个政策，否则我们将斗争到底。但是，这次大地震是天灾，我们的态度与反对日本政府政策正好相反。我们向遭受地震灾害的日本民众表示深切的同情，并给予相应的帮助。这个倡议得到了学生们一致的赞同，并且很快就组织了许多赈灾物资运往灾区。我想，他们这种是非分明的态度，不正说明他们处事很成熟吗？

还有一件事，发生在欢迎新生入学的典礼上。新生们被安排在校园草地的中央围成圆圈，老生们就在新生们的外面围了好几圈。当时，有人让我唱日本国歌。我就站了起来，唱了日本国歌《君之代》。这一来，大家也就都站了起来。不用说，当时正是"排日"运动最高涨的时期，他们还能这样做，是一种很成熟的表现。我想，在日本国内也有反对中国的时候，要是有个中国留学生孤零零地出现在某个场所，试

---

① 大地震：指1923年9月1日发生在日本关东地区的7.9级强烈地震。灾区包括东京、神奈川、千叶、静冈、山梨等地，造成十五万人丧生，二百多万人无家可归，财产损失约计六十五亿日元。

想，会有人让他唱中国国歌吗？并且唱着唱着，大家都跟着站了起来。我以为，在现在的中国，与那些经历丰富的人们沟通，依然是很顺利的。这些做法可以认为是人世间的常识，也可以说是人们之所以能够相互沟通的重要因素。之所以会出现这样的情况，一个很重要的方面就是，在近代中国，人们尝尽了各种苦难的滋味。另一方面，中国人始终保持着传统文化，这样的文化思想体系，无论面临什么样的艰难困苦，都是不可能崩溃的。

## 周恩来接见

奥野：周恩来是个很了不起的人，仪表堂堂，风度优雅，处事周全。我们与国会议员一起，接受了他三个半小时的接见，会谈进行得很从容。周恩来说，好不容易来一趟，不要光看好的东西，也要看一看不好的东西。当然，对于他的这些话，可能有人会认为只是礼节性的客套。可他又说，也要看一看"中间"的东西。这话说得就有意思了。你想，看看好的和坏的，这可以认为是一种礼节性的说法，而看看"中间"的东西，却从来没听谁这样说过啊。就他这句话，对于指导我们后来的考察，可以说起到了很重要的作用。正如你所说的那样，中国的政治家也好，老百姓也好，都很成熟。

草野：当时举行了欢迎李德全①等人的华侨欢迎会。廖承志②对华侨们的行为准则作了四条规定。第一条大概是这样说的：诸位现在是居住在日本的外国人。吉田先生不要总是对日本说这说那的，今后要更多地向日本学习，学习日本的风俗、习惯等东西。对于这些东西，与其带着审视、批判的眼光，还不如抱着接近、学习的态度更好。可能一下子未必都能记住，但你在日本住着，不要总是想着批判，重要的是要虚心地向日本学习。

好像还说了要是有人不遵守这些规矩就驱逐出境之类的话。这个情况是一位华侨朋友告诉我的。我想，他们的这些想法不也都显得很成熟吗？

奥野：在日本，有些日本人对如今的新中国有些心怀恐惧。在有的人看来，昨天是近邻，一觉醒来，就"去向不明"了，心里未免惊慌。其实大可不必。尽管有人会以为中国会受到某种强权的制约，其实那是不可能的，产生那样想法的人，是太不了解中国了。

草野：您说的这个情况，我是过来人，我是理解的。

奥野：而且，如今百姓心情舒畅。例如，我在北京感受最深的是，类似我们日本所说的歌舞伎之类的戏剧，据有些人说是很反动的东西。然而，在中国就有像梅兰芳这样的著名艺术

---

① 李德全（1896—1972）：女，中华人民共和国中央人民政府第一任卫生部部长，第四届全国政协副主席。著名爱国人士冯玉祥先生的夫人。
② 廖承志（1908—1983）：广东惠阳人，民主革命先驱廖仲恺、何香凝之子。

家，甚至比过去更受欢迎了。

草野：这就是说，中国正在着力培养像梅兰芳那样的新的艺术家啊。

## 成熟的中国人

奥野：总之，作为一个民族所拥有的、值得夸耀的艺术都是应该鼓励的。不过，我觉得现在已经失去了纯真的色彩，变得过于成熟了。

草野：不过，这些做法并没有什么做作的成分，倒是显得很自然呢。

奥野：这次选举人民代表，成立了最初的"国会"。看看人民代表的名单，发现他们就是来自平民大众。这要是在日本的话，这些人可就了不得啦。而在中国，陋巷之中出租屋的老板娘也是可以当选人民代表的。我觉得，那是个由一群聪明的穷人组成的社会团体。

在这期间，我在歌舞伎剧场遇见了廖承志。

草野：你们交谈了吗？

奥野：哦，只有半个小时的时间。见面说的第一句话就很随意："三十年不见了，你还是一头黑发啊！"这要是日本人的话，说话就不会那么随意了，可能会问问工作什么的。对于他这样的人物，话要是说得太直率的话，可能有损自己的威仪。

他开口便问我："你有几个孩子啊？我有七个呢。"是不是也过于随意了点？实际上，他这样应酬也是很有艺术的。

# 中国的政治家

奥野：有人问，这次去中国都是按照他们制定的日程活动的吧？事实上并非如此，他们事先早就收集过意见：到了中国之后都想去哪些地方？让我们每个人都写了一个书面的计划。因此，十四人都在纸上写出了各自的愿望。中国方面根据这些要求制定行程，绝不是他们擅自做主决定的活动方案。当然，中国方面也会有一些东西要推荐给大家看，就小心翼翼地来征求大伙的意见，看看是不是要写进日程表，但绝没有强制的意思。他们还说：要是不感兴趣的话，请选择自己喜欢的地方去参观。我想，这样的安排难度是很大的。

草野：日本方面的做法好像与之恰恰相反啊。

奥野：提出"中国方面的行程都是由官方强行制定的吗"这个问题的，恰恰就是日本人啊。

草野：你们在中国受到了款待，会不会有意说他们的好话呢？

奥野：哪有那样的事情！实际上，也就是他们借了一架飞机给我们，我们乘着这架飞机去自己想去的地方。

草野：其实，廖承志的姐姐廖梦醒①还是我同班的同学呢。她丈夫十七年前遭到暗杀的事情我是知道的，但她后来的情况我就不得而知了。因此，我向廖承志打听他姐姐的情况，他说在北京。他们用同一个家庭地址，想必应该是住在一起的。他姐姐现在好像是带着孩子在做妇女工作。他姐夫被暗杀

---

① 廖梦醒（1904—1988）：广东归善人。廖仲恺、何香凝的长女，廖承志的姐姐。

了，后来他们的父亲廖仲恺①也被暗杀了。一个家庭里有两个人被暗杀。我看到了他脸上的微笑，但这个笑并不是假装的笑，而是从苦痛中超脱出来的笑，是一种胸怀十分宽广的笑。在这期间，曾仲鸣②的夫人方君璧从香港来了。曾仲鸣曾经是汪精卫的替身，也遭到过暗杀。我还是第一次听说他在河内被暗杀的经过。我一直以为，手枪的子弹是射不中夫人方君璧的，谁知在那次暗杀中，她也中了四发子弹，因此进了河内的医院，直到治愈出院才来了这里。她来是来了，可不懂日语，只得微笑着，独自前往鬼怒川③画画去了。当时，我还对她说了一件相关的往事：当时汪精卫邀请晚饭时，也是请了方君璧的。汪是初次见到方君璧，可能是失去曾仲鸣的悲伤难消，嘱咐我千万不要提起曾仲鸣被暗杀的事情，大概是不想再触碰那块伤疤，惹得她伤心罢。这是一种理解和体谅，日本的政治家是不会这样做的。然而，在这方面，中国历代的政治家都很擅长，如今的政治家们也一样。我想，这完全就是一个很成熟的世界啊。由于心存这样一份理解和体谅，他们在演讲时，便可以理直气壮地张扬自己的

① 廖仲恺（1877—1925）：中国近代民主革命家，中国国民党左派领袖。1877年4月23日出生于美国旧金山。1925年8月20日上午，在广州国民党中央党部门前遇刺身亡。
② 曾仲鸣（1896—1939）：福建闽县人。历任国民政府秘书、汪精卫秘书、国民党中央候补执行委员、中央政治会议副秘书长、铁道部次长兼交通部次长等职。1939年3月21日凌晨，在河内汪精卫寓所中，被前来刺杀汪精卫的军统特务误刺身死。
③ 鬼怒川：日本著名的旅游景区。1692年被发现，是北关东地区著名的温泉胜地，一年四季都可以从丸山山顶向下俯瞰鬼怒川溪谷。

理想。广东从孙文时代起就是革命的摇篮，如今的基础也都是那时打下的。日本在明治时期是有政治的，而到了大正、昭和年间就没有了，一帮不懂政治的家伙控制了领导权。我以为，这恐怕是日本战败的主要原因吧。

奥野：广东的孔庙成了农民学校，毛泽东在那里当过先生。应该说，今天能够夺取政权，就是那时起打下的基础吧。

草野：经历了国共合作等一系列的考验啊。

奥野：我想，到底是谁赢得了民众的信任？这个问题现在已经有了很好的答案。

草野：孙文虽然不是共产主义者，但今天的中国之所以成为共产主义国家，与孙先生当初布下的大小棋子是分不开的。这就是我对当今中国情形的理解与解释。

奥野：也就是说，建设新的社会主义国家，已经作为国策确定了下来。但是，在一定的时期并不强行推进共产主义。譬如，郭沫若虽不是共产党员，但他具有很大的发言权，作为当今中国的一位要人，活跃在政治舞台上。这与我们在日本以为社会主义就是"压制主义"的想法完全不是一回事。周恩来也说过：郭沫若先生去年就日本问题的表态，至今依然是有效的，我们是负责任的，是会履行协议的。我们在日本所说的"自由"，与中国人所说的"自由"是有所差别的。有人提出质疑，问中国到底有没有自由。我想说的是，中国有中国式的自由，那是日本人所难以理解的自由。

草野：总而言之，意蕴深厚的文化一直得到了良好的传承啊。

奥野：我们在日本所说的"言论自由"，大概就是指能够在色情杂志上自由发表的"自由"吧？这个"自由"与中国倡导的自由不一样。就这一点而言，我认为中国人的价值判断是正确的。

草野：一切从良知出发。

奥野：在日本也没有做小偷的自由吧？例如，战争期间，我在上海时，一只钱包不知是丢了，还是被小偷偷了。由于钱包里有我的地址，现金虽然都被拿掉了，但钱包里的其他东西被寄送到我南京的家中。这也算是遵守了"小偷之道"吧。而后来在东京时，一次我丢了只很重要的包，里面虽然装着可以识别我身份的物件，可至今也没有找到。所以，我认为，在中国，即便是在那么一个非常的年代，也还是有人能够恪守"小偷之道"的。

另外还有一件有趣的事情。那是在战后——我们回不了国的那段日子里。我们五六个人结伴去喝酒，在酒吧遇上了美国大兵。匆匆忙忙的，我把日侨的证件落在了那里，自己还什么都不知道就回了住处。那个酒吧的服务生特意赶到虹口找到了我，把证件还给我。一般情况下，有些人会以证件为要挟，赚取一些好处。可他们特意跑一趟虹口就是为了把证件还给我，而且还是在日本已经战败了的情况下。

还有一件事情和木君是知道的。有关日本人的战败，我真是一言难尽啊。一般来说人们会谴责日本军队的罪行，或者对战败者表示怜悯……可是，他们什么也没说。

前面说到的那个服务生，我们熟识了之后，他就经常来这边玩。就在我们快要回日本的时候，他一定要领我们去看看他紫金山脚下的家。那是一处很大的农家院落，在被火烧过的地基上盖了间黄泥小屋，里面睡着一个老婆婆。那个老婆婆闭口不提日本人投降这件事，但内心可能对日本人愤恨到了极点吧。即使这样，老婆婆还是用平底锅给我们炒了鸡蛋，煮了玉米。村里的人看我盯着挂在树上的鸟笼子看，就说：要是喜欢的话就拿去好了。于是，我就带着鸟笼子和玉米等礼品回来了。应该说，他们肯定有很多不满要对日本人发泄，但他们却不肯去触碰日本人的痛处。我以为，这才是一种真正的同情。是啊，他们大概连字都不认识呢。

## 中国的报纸

奥野：说来也是很自然的事情。我向在一起工作的中国同事打听过，中国人是在吸取苏联人失败的教训，尽量避免重蹈他们的覆辙。所以说，他们是有别于苏联的，也许他们就是在这种意识的指导下采取行动的。也可以说，这是中国人的本能所在。北京现在也有洋车了，可是，那些洋车都很肮脏。我问过他们为什么要用这么肮脏的车。他们回答我说，洋车现在已经停止生产了。现有的洋车就这么用着吧，用坏拉倒。我觉得这种想法挺有趣。新中国成立后，资本家还是存在的。苏联一开始就否定资本家，而中国却不这样。我认识一个资本家，他是一个吝啬的守财奴，我悄悄地邀请他喝茶。在中国，雇佣上千工人的资本家是被认可的，但他要付出代价，即作为国家计划经济的一分子参与分工。要是需要购买原材料的话，通过人民银行能够得到大量的贷款，然后将产品全部卖给国家。所以，买卖做起来就很容易。无论你是赚了 100 万，还是 1000 万，税金都是 33%。重要的是，即使你有再多的钱也没地方可用，因为你这一代是末代资本家。资本家就这样渐渐就消亡了。当然，也不是一夜之间就消失了的。

信仰是自由的。庙宇被毁坏了，国家出钱重新把它修好。所以，也不需要和尚们四处奔走，化缘募捐。同时，国家还在百姓中大力宣传马列主义，民众的信仰也就渐渐地变得单一了。当局并不禁止现存的东西。就这一点而言，他们做得非常巧妙，也显得非常有心计。

说起报纸，基本是官办的，不怎么关注百姓的社会生活。例如，有外宾来了，报纸只是报道谁谁去迎接了，谁谁参加了欢迎晚会。至于外宾穿的什么衣服，住在哪里，就只字不提。我问一个新闻记者：这样的报道不是太简单了吗？可他回答说，旧社会的报纸，刊载的大多数是色情的东西，现在正在矫正。要彻底扫除那种现象，就要创造新的社会新闻的模式。我们现在正处于这样的阶段，新的社会新闻模式一定会出现。听了他的话，我深以为然。那不就是模仿苏联《真理报》的做法吗？不过，我想，中国人一定会寻求到一种适应自己的新模式。

草野：再过两三年，报纸可能会发生一些新的变化吧。对于现在的新中国，坦诚地说，我所熟悉的还是与过去相比没有变化的那些东西。要是过去的东西发生了变化，我的感觉就不对了。尽管外在的东西都变了，但芸芸众生与生活的常识却不会变。所以，即使不到现场，那里的一切也都可以想象得出来。

奥野：所谓社会主义国家，只是容器不同而已，里面所装的东西也是大同小异。我以为，人们的生活状态或许有了变化，但人们的感情与嗜好等方面好像并没有受到干扰。

草野：较之以前，全体民众都积极行动起来，这一点是显而易见的，这与大正年间我做学生时遇到的情形十分相似。当时，只有10%的人能够接受学校教育，而如今，受教育面已经达到90%左右。这就是社会生活可以不断进步的原因吧。

## 中国文学

奥野：在日本国民想象中，"马克思流派"之中，列夫·托尔斯泰应该是受到欢迎的，而陀思妥耶夫斯基①却是不行的，是有问题的。我想，既然是这样的话，陀思妥耶夫斯基的作品在中国可能被封杀了。谁知道，来到中国一看，陀思妥耶夫斯基的全集卖得正火，他的其他作品也有不少。图书馆里，陀思妥耶夫斯基书籍的借阅量也很大。同时，就"马克思流派"当前的情况看，爱弥尔·左拉②的实验小说应该比巴尔扎克的作品受欢迎。可情况恰恰相反，巴尔扎克作品的销售量却要大得多。由此可以证明，读书还是自由的。并且，世界文学名著的翻译也是由国家出钱，制订了长期的出版计划。而那

---

① 陀思妥耶夫斯基（1821—1881）：俄国作家。
② 爱弥尔·左拉（1840—1902）：法国自然主义小说家和理论家，自然主义文学流派创始人与领袖。

些世界文学名著，不都可以归结到资产阶级文学的范畴吗？
日本古典作品有《万叶集》《源氏物语》《枕》《狂言》①等，
江户时代有西鹤、近松、一九、三马②等人的作品，明治时
代有二叶亭、透古、独步、鸥外、漱石、花袋、藤村③等人
的作品，现代的有直哉、润一郎、百合子、龙之介④等人的
作品。百合子另当别论，用他们的话说，她的作品大多属于
"资产阶级文学"，需要用心遴选。可见，我们猜测的在中国
读书要受到限制的想法，完全是一个大谬误。在中国，人的
喜好并没有受到压制。

草野：从这一点上看来，他们的做法比苏联好多了。我想，这应该
　　　与中国悠久的文化传统有关吧。不过，当初苏联那样做，可
　　　能也有迫不得已的原因啊……

奥野：在这个问题上，中国的做法与苏联是截然不同的。

草野：都是孔子、孟子流传至今的文化渊源啊。

和木：你们这次是直接去的北京、天津吗？

奥野：我们经由香港去广东，再由广东去汉口。没有在武汉停留，直
　　　接去了北京，在北京逗留了十六天。

---

① 《狂言》：日本古籍名称。
② 均为日本江户时代的作家名。
③ 均为日本明治时代的作家名。
④ 均为日本现代作家名。

## 现在的北京

和木：你原来住的房子周围怎么样了？那个池塘还在吗？

奥野：那个池塘经过疏浚后更加深了，周围围上了铁栅栏，池塘里面还看到了球。看来，已经改建成了市民的休闲场所，完全就是一个娱乐场地了。

草野：紫禁城和天坛呢？

奥野：还与原来一模一样。

和木：饮食方面呢？

奥野：以前的那些老牌子的菜馆有的还在，有的关张了。那些关张了的菜馆以前都有私房菜。为什么卖私房菜的馆子就要被关呢？据说，挂"私房菜"的招牌就丢人，得把秘传的菜谱公开。所以，现在你不管进哪家菜馆，菜的味道都一样。

和木：前门附近有家专门卖鸭子的店铺吧？现在还在吗？

奥野：你说的是烤鸭店吧？

和木：是在崇文门还是崇德门，有家专卖牛肉火锅的店，老店主是个大秃子。他不用算盘就能准确地记住每个客人的账单。结账时凭着记忆，随口就能报出客人该付的账。

奥野：是烤牛肉。那个老店主已经死了。这次去北京，令我吃惊的是，新盖了好多以前我不知道的迎宾馆。

和木：东安市场怎么样了？

奥野：资本家都在东安市场呢。商品价格要比国营商场贵一些，但质量好啊。就连东安市场的商人们也都夸现在这个时代好呢。再就是你喜欢去的五芳斋，那位跑堂的还健在呢。东来顺也还是原来的样子。另外，我们还去了西安，那里已经成为开发西部的一个桥头堡，也盖起了漂亮的迎宾馆，我们就是住在那里的。

## 中国人谋求和平

奥野：这次中国之行，我最深切的感受就是没有比中国民众更热切盼望和平的了。他们那么积极地搞建设，最讨厌的就是战争。所以，我想，我们也应该与他们的愿望相呼应吧！如果怀疑这一点的话，就是违反道德。中国民众对于外国的侵略已经深恶痛绝，现在是真心诚意地期待和平，这个事实无可争辩。日本在怀疑中国会不会发动侵略战争，我想，日本人要是不好好地对待这个问题，是会耽误百年大计的……

和木：访谈了您这么长时间，非常感谢。

# 文学地图之一隅

　　永井荷风先生所写的《短齿木屐》，是将散落在东京各处的江户情趣汇集起来的作品。当然，从时间上讲，已经是很久以前的事情了。应该说，《短齿木屐》问世时，东京的变化还远没有现在这么大。书中所提到的那些崖壁啊、空地之类的，还是旧时的景象吗？若说是踪影全无，也未可知。

　　我也只能对自己出生的地方——麹街那块土地上所发生的变迁，举出一些例子。变化相对较小的是从弁庆桥通往清水谷公园的大道。由于它位于公园与官邸之间，树木葱茏，依然保持着明治三四十年代的风格。但是，若是向左拐上一个斜坡的话，当年澳大利亚的使馆已经不见了踪影。那些散落在纪尾井镇法院后面空地上和山元镇、平河镇周边各处的武士家族遗存的长房子，拆除了拉门和隔扇的专卖孩子们喜欢的廉价糕点的商店，如今也已荡然无存。

　　猛然间，我的思绪又闪回了北京——这个到今年春天我已经居住了两年的地方。可以说，今日之北京，较之今日之东京，以及荷风先生写作《短齿木屐》那个年代的东京，还保留着浓重的古典气息。无论是静然而立的城墙、城门，还是城内古色古香的住宅，或者城外古朴的刀具店、药房等店铺，都给人一种似乎没有发生过变化的感觉。这较之盛行"太平桶"①和"海鼠壁"②时期的东京，更具浓厚的古典风韵。

当然，这也绝不是说北京就原封不动地保留了古代的原貌。城市的古典风情，可以说是旅游城市最具生命力的要素。如今，那些对毁坏旧物持审慎态度的市民，在关心古迹方面所操的心，甚至要比东京的当政者们还多很多呢。这个道理虽说大家都已经很明白了，但城市各处还是在不断地发生着巨大的变化，说来也是无可奈何。我们从那些"京油子"平时"这里如何如何……"的闲聊中，就如同了解东京崖壁与空地的变迁一样，能够察觉出时代赋予北京的变化。例如，我所居住的北河沿附近的变化就是一个很好的例子。

北河沿，位于北京内城中央略微偏东，是旧皇城东边的护城河一带的统称，它被夹在西边的孟公府、汉花园和东边的东黄城根之间。所谓的"黄城根"，以前叫作"皇城根"，也就是指皇城最外面的土墙。如今，只有看到长安街一带宏伟的黄瓦红墙的遗迹，人们才会忆起京城往日的胜景。不难想象，在如此气派的皇城根护卫下的昔日的紫禁城，该是多么的威风凛凛。北河沿位于皇城的东边，人们习惯称之为"东皇城根"，可现在城墙已完全被拆除了，这个名

---

① "太平桶"：日本人用以储存雨水供灭火用的消防水桶。
② "海鼠壁"：日本人用平瓦镶面，以泥灰接缝，抹出凸棱的墙壁。

称也就成了一片空地的代名词。"北河沿"是相对于"南河沿"的一个名称。而"南河沿"则是指东华门街的望恩桥以南一带。现在，这一带都改成了暗渠，与过去已经大不一样了。人们在与长安街相连接的位置，沿着东西方向挖掘了一条河渠，河渠的名字叫作菖蒲河。可以想见，当年南河沿的水流在这一带与菖蒲河相连接，形成"十"字形，继续向南延伸，一直流至水关。可惜的是，由于南河沿被废弃，这里过去的水利情况已经无从考证了。

与南河沿形成鲜明对比的是，北河沿岸边柳树成荫。降雨之后，河道里还会有涓涓水流，沿岸人家放养的白鹅浮游水中。河流继续往西北方向延伸，便与什刹海相连了。即便如今已经不见了皇城根的踪影，沿河风光依旧。不过，从望恩桥北侧的石坝来判断，那里应该曾经修筑过堰堤。再联想到北河沿中段有个沿用至今的地名——银闸，可以想见，这条河过去也是潺潺流水声不绝于耳的。但是它后来与北京城内的其他河流遭遇到了同样的命运，水流也就越来越少了。这不得不令人为大自然的衰败心痛不已。

我从心底里喜欢在北河沿一带散步。晚秋的傍晚时分，这里与北方普遍的干燥气候不同，空气非常湿润，展露出苍凉的景象。目光越过百姓家低矮的院墙，能够看到里面的枣树、榆树及槐树的枝丫。这些在夏季被茂密树叶覆盖着的难以看清的不同形状的树木，都清楚地展现在眼前，别有情趣。夏天的夜晚，在行人较少的河沿路上，有五六个人在桥边乘凉，其中还有拉京胡"小过门"的，那种即兴表演，倒是更加增添了几分情趣。不过，我现在并非想在这里给大家描述北河沿一年四季或是中午前后的风情。我只是想通过记录自己旅居北京期间亲身经历的一些琐事，来为现在中国文学的北京"地图"增添一些色彩。

　　令人难以理解的是，在北京这个地方，几乎所有的事情都会很快成为历史。一切风波，无论是具有广泛社会特征的，还是个人的行为，最终都会很快消失在时间的烟云之中。在卢沟桥事变前夕，我数次看到满载抗日游行学生的卡车，在北河沿的马路上绝尘而去，一片阴影不由得笼罩上心头。可是，如今却觉得那也仿佛是很久远的事了。发生在数年前或十多年前的事情，感觉就像是明治初年的事情一样——这绝非耸人听闻的说法。因此，事实上许多事情就这样在流传的过程中烟消云散了，而人居的迁移及地形的变化则显得尤为突出。

　　如今是1938年，回首1919年，已经是十九年前的往事了。想起当年那些青年男女曾经在北河沿的柳荫下或是寂静的胡同中散步的情形，恍若是发生在另外一个世界上的故事，仿佛已经与如今的北河沿没有任何关系了。现在这条路上，除了馒头小贩无精打采的叫卖声，以及剃头匠手中的推子发出的声响外，几乎听不到别的声响。这与当年五四运动时期的热闹情形相比，无法同日而语。如果一定要说有什么相同之处的话，那就是沿河的柳树、槐树依然根深叶茂，仿佛为那些曾经往来于此的北京大学第一学院、第二学院、第三学院的男女学生的激情作见证。事实上，"五四"之后，民国的青年男女觉悟到了生存的意义，试图向新文学迈进。在这个时代大潮的背后，我们决不应该忽视那些时代的牺牲者。要是读一读石评梅[①]女士的遗著《涛语》就会得知，她亦是那些值得怜惜的牺牲者之一。

_____

① 石评梅（1902—1928）：中国近现代女作家、诗人，民国四大才女之一。

据书中记载，她也曾是沿着北河沿马路散步的一位青年。在"五四"新思潮的影响下，她从山西乡间来到北京求学。这位进京不久的文学女青年，很快就陷入了与同乡某青年的恋爱之中。但这个男青年是有家室的，自然不可能与之谈婚论嫁，等待她的只能是被遗弃的悲惨命运。然而，在这之前，有一位名叫高君宇①的青年，一直不顾一切地爱恋着她。高君宇始终热爱着石评梅，却在没有得到回应的情况下悄然离开了人世。当她觉悟到高青年对自己情深意切时，已经是他在协和医院的病房里病逝之后的事情了。在高青年书桌的抽屉里，人们发现了一封写给评梅女士的遗书，大意如下：

> 我意已决，不再给您增添烦恼。您的生命正闪耀着青春的光华。我也衷心地祝愿您：为了将来的前途加倍地努力。请多多保重。如今，我已经没有任何遗憾了。我的心，将永远如同平静的大海那样……别了，我的朋友。

除此之外，还留有一张相片，相片的背面题写了这样两句诗："我愿生如闪电之耀亮，我愿死如彗星之迅忽。"石评梅读来，可谓悲痛欲绝，肝肠寸断。这样的悲恸，很快就化成了对逝者的爱慕之情。又是怀着这样的情愫，评梅女士以华美的词藻书写了《涛语》一书，倾诉自己难以排遣的情怀。她的这本《涛语》，从

---

① 高君宇（1896—1925）：山西人，五四运动时期北京大学学生会负责人之一。1920年与邓中夏共同发起北京大学马克思学说研究会。同年加入北京共产主义小组，为全国最早入党的58名党员之一。1925年在北京病逝。

文学价值上来讲，倒也未必能够在文学史上占有一席之地，充其量就是迷惘、愚昧与伤感交织的产物，只是因为其真实性而得到读者的首肯而已。然而，一个憧憬未来梦想的少女，顺应时代的潮流，在苦斗中殒命……每当读到这样的情节，又怎能不令人肃然起敬？

如此，无论春夏秋冬，无论风霜雨雪，石评梅都要赶往埋葬高君宇的城南陶然亭，跪拜在他的墓冢前哭泣不已……就这样不停地哭泣，三年之后，她自己也突然病死在了协和医院的病房里。

庐隐①的长篇小说《象牙戒指》，详细描述了这个故事的始末。当这本书作为文学研究会丛书付印时，得到了年轻读者的广泛好评。这部小说是围绕女主人公——素文同学的女友沁珠的悲惨命运展开的。这个沁珠实际上是以石评梅为原型的。据知情者透露，书中人物的相貌语气都宛若评梅。然而，从小说的角度来评价，不过是一篇极其普通的少女题材的作品，根本称不上什么艺术成就。但这篇作品记述了许多游乐、饮食细节以及北京城内外众多的趣事，这对于曾经在北京生活过的人们来说，每每读来，都会勾起对往事的回忆。例如，作品是这样描写在中央公园散步的情形的：

> 我们离开了姨母家的大门，便雇了两部人力车到中央公园去，这时虽然已是春初，但北方的气候，暖得迟，所以路旁的杨柳还不曾吐新芽，桃花也只有小小的花蕊，至少还要半个月

---

① 庐隐（1896—1934）：原名黄淑仪，"庐隐"是其笔名。福建闽侯县人。作家，石评梅的朋友。

以后才开放吧。并且西北风还是一阵阵的刺人皮肤。到中央公园时，门前车马疏疏落落，游人很少。那一个守门的警察见了我们，微微地打了一个哈欠，似乎说他候了大半天，才候到了这么两个游人。

我们从公园的回廊绕到了水榭。在河畔看河里的冰，虽然已有了破绽，然而还未化冻，两只长嘴鹭鸶躲在树衩里，一切都还显着僵冻的样子。从水榭出来，经过一座土山，便到了同生照相馆和长美轩一带地方。从玻璃窗往里看，似乎上林春里有两三个人在吃茶。不久我们已走到御河畔的松林里了。这地方虽然青葱满目，而冷气侵人，使我们不敢多徘徊，忙忙地穿过社稷坛中间的大马路，仍旧出了公园。

阅读这段文字，中央公园初春的风光便栩栩如生地展现在眼前。但个中乐趣、情趣，或许唯有钟情于北京四季变化的人们所乐道，难免会有孤芳自赏之嫌。下面我再列举一个精彩的片段：

不久就望见西山了。我们在山脚的碧云寺前下了驴，已经是十一点半了。我们把驴子交给驴夫，走到香云旅社去吃午饭。这地方很清幽，院子里正满开着菊花和桂花，清香扑鼻，我们就在那廊子底下的大餐桌前坐下了。沁珠今天似乎非常高兴，她提议喝红玫瑰。曹也赞同，我当然不反对。不过有些担心，不知道沁珠究竟是存着什么思想，不要再同往日般，借酒浇愁，喝得酩酊大醉……幸喜那红玫瑰酒只是三寸多高的一个小瓶，这才使我放了心。我们一面吃着茶，一面咽着玫瑰酒，一面说笑。吃到后来，沁珠的两颊微微抹上一层晚霞的媚色，我呢，心也似乎有些乱跳。曹的酒量比我们都好，只有他没有醉意。午饭后我们本打算就骑驴回去，但沁珠有些娇慵，我们便从旅馆里出来，坐洋车到玉泉山，那里游人很少，我们坐在一个凉亭里休息。沁珠的酒意还未退净，她闭着眼倚在那凉亭的柱子上，微微地喘息着，曹两眼不住对她望着，但不时也偷眼看着我，这自然是给我一种暗示。

这是描述在西郊碧云寺玉泉山游玩的一个段落。这篇小说就其艺术价值而言，远不如在叙述石评梅的悲剧和描写北京风物方面更值得一读。并且，这部小说在反映男女之间的恋情方面，洋溢着"五四"时期青年浓重的感情色彩，而文学性较为缺乏，难免让人感到有些遗憾。

在石评梅的遗作《涛语》中，有一章叫《梅隐》，叙述了她在一个冬日的傍晚步出医院，经由北河沿前往孔德学校访友的故事。所谓的医院，大概是指协和医院吧。从协和医院出来，走到北河沿，就她的速度，大概需要十五六分钟乃至二十分钟的样子。东安市场的西面是东华门大街，街上有座望恩桥。从望恩桥向北拐，便是北河沿。但要是先去孔德学校的话，就要从望恩桥一直向西走大约半条街，再在乱糟糟的香烟店旁边拐弯，走到巷子的尽头，便是孔德学校的大门。由孔德学校去北河沿有两条道路可供选择。一是走紧挨着学校门前东侧的那条路，再向西拐，穿过孟公府箭杆胡同，从竖着"译学馆"石碑的北京大学第三学院的门口出去；二是走小路，走小路近是要近一些，不过，那条路实在太小，如果不熟识的话，是很容易走错的。我想，她走的应该是穿过孟公府的那条道罢。因为，文中记叙了她步行在这条路上，伤感地眺望北河沿败柳的情景。柳絮纷飞的时节，正是柳树枝繁叶茂之时，距离落叶纷纷的秋日景象为时还早。更何况，要是到了十一二月，街头飘起炒栗子的薄薄烟雾时，河面上凄厉的晚风便会将柳树枝头的叶片一扫而光，人们在柳树下也能看到满天的星斗。每当我想起庐隐笔下"穿着淡灰色棉布上衣"的她，充满幻想地行走在河沿树下的情景，奔马般的新文学的激情便立刻感染了我的心。同时，也仿佛倾听到了如陨石般带着光和热，迅速消失在时代潮流中的令人怜惜的牺牲者的脚步声——怎能不为他们洒一掬同情的泪水？！

恰巧，石评梅是位文学女性，她的朋友当中，有诗人，也有小说家，因而她的故事得以流传。如前面所叙，除了《象牙戒指》之外，还有《石评梅纪念册》。最近又有一部小品文集，叫作《北平夜话》，其中《春风青冢》一章所叙述的就是石评梅的故事。石评梅是一代青年群体的代表——他们从遥远的乡村来到北京求学，怀揣着各种各样的梦想，在北河沿的林荫道上踌躇徘徊。我想，这个时代的牺牲者，又岂止评梅一人？

踱步在北河沿的林荫道上，我思绪纷繁。勾起我内心伤感的远远不止评梅一人的悲惨命运。从望恩桥向北数的第四座桥，西侧是北京大学的一栋红砖墙三层楼房，东侧则是一栋灰泥墙二层楼房。这栋二层小楼，就是被称为"现代中国文学摇篮"的汉花园公寓。原是一座荒废的建筑，断垣残壁，面目皆非，可今年春天进行了一次彻底的修缮，重新粉刷了外墙，而且废除了以前的名称，改称"亚东饭店"。可见，现在的人们，就连这座有些来历的，或者说在中国文学史上占有一席之地的建筑物，都重新进行了装修、改名，说明它在历史上的影响已经逐步淡出了人们的视野。这座汉花园公寓的历史沿革，其实是很清晰的。只要回顾十多年前，这座公寓里都住了些什么样的人，发生了些什么样的事情，人们的兴趣就会自然而然地显现出来。这就如同现今的日本一样，将公寓房称作"某某馆"的日益渐少，流行的叫法是"某某庄"。如今的北京，近年来也流行将"某某公寓"改称为"某某饭店"或"某某宾馆"。似乎唯有称"饭店"，才能体现这栋房子是中国式的，是带有院子的建筑物。这座汉花园公寓，是粗制滥造的西洋式建筑。不过，这是大学附近的楼房，目标客户当然主要是学生。而对于当时的文学青年来说，这座公寓具有着巨大的新鲜感和诱惑力。汉花园公寓成为现代中国文学的摇篮之一，确实是实至名归。就说后来都颇有名气的张采真、王鲁彦、顾千里、王三辛、蹇先艾、朱湘等，都曾经是这里的房客。他们在这里谈文学、谈人生、谈理想，彼此成了好朋友。当然，那时的他们，还没有在文学上取得成功，经常思考的问题是：我们应该怎样展露自己的才华？我们的才华为什么不能得到社会的认可？那时，印刷一千册类似《同人杂志》那样的刊物，所需费用差不多也就 12 元钱左右。但对于那时的他们来说，却是很重的负担，是不可名状的苦恼。当时，苦茶斋主人周作人先生是众星捧月般受人尊敬的文坛大家，而且，杂志《语丝》①已经吹响了拂晓的号

① 语丝社是中国现代文学史上的一个重要社团。从 1924 年底至 1930 年初，以《语丝》周刊为依托，围绕着鲁迅和周作人，在语丝社的旗帜下聚集了一批后来在文学史上留下赫赫名声的作家和学者。

角。当时，他们那种勃勃雄心和旺盛的热情，与寂静的北河沿的柳树林荫道形成了巨大的反差，在公寓破落的窗户背后卷起了激烈、骚动的旋涡。这栋公寓楼的二层十号房间，就是命运多舛的女作家丁玲与她的丈夫胡也频同居的爱巢。丁玲虽然已经出版了小说集《在黑暗中》，在文坛上有了一些名气，可由于没有固定收入，生活依然十分贫困。幸运的是，这座公寓的主人是个奇人，他虽不懂艺术，却特别尊重艺术家。他背诵李白、杜甫、拜伦、雪莱的诗歌，还经常在报纸的文艺版上发表一些短文。要是租住在自己公寓里的房客发表了作品的话，他会比自己发表了作品还高兴，不停地向其他房客宣传。沈从文先生有过如下记叙：

> ××先生，请看！这是咱们公寓里×房间的××先生的作品。这首诗写了我们北河沿的大树和白狗。你瞧，就连长在咱们公寓地面的杂草，放飞在空中带哨笛的鸽子，还有厨师的大肚子也写上去了。用的是七律的韵脚，真是漂亮的诗啊！

假如对方没能明白他的意思，他会立即重新叙述一遍：这是什么时候某某写的，这个人在咱们公寓里已经住了多长时间……直至对方听明白了他的意思，看过那首诗才作罢。也有人看他过分热心，会半开玩笑道：老板，您懂诗吗？对于这样一些认为自己不是诗人和作家就不应该爱护和关心诗人、作家的人，他未免有些心生失望。

诸事都能得到他的关照，实在是那些贫困的文学青年的幸运。租住在十号房间的这对贫穷夫妻，也不例外地得到过公寓老板的照顾。我很想了解这位老板后来的情况，向许多人打听过，可经过十多年的变迁，谁也弄不清他的去向了。那年冬天的一个寒冷的早晨，我路过这栋楼前，受好奇心的驱使，突然想参观一下这座公寓的内部设施，便与看门人商量，但他无论如何也不肯让我进楼房里面去看一看。没办法，我只好沿着狭窄、阴暗的楼梯往上走，来到二楼的走廊上。楼房是以院子为中心修建的，院子又以二楼中间的走廊为界，划分为前院与后院。在二楼的柱子上，面对前院悬挂着一棵很大的盆栽植物。这会儿，除了那个看门人，院子里又多了个老太婆。她站在院子里，仰面对着我破口大骂。虽然我觉得他们有些粗鲁，还是若无其事地沿着二楼的回廊阔步走了一圈，并探头朝那间位于前院西侧中部的十号房间看了一眼。所幸的是，那是一个空房间。房间里面有两扇小玻璃窗，站在窗口望出去，北河沿的对面就是北京大学的红楼。要是用榻榻米来计算的话，那是一间只有八张榻榻米大小①的房间，看不出一点特别之处。要是夕晒的阳光强烈，尤其是夏季，想必一定很热吧。

丁玲夫妇在搬进这间房间之前，也在北河沿一带左一次右一次地搬家。银闸、孟家大院、中老胡同都位于北京大学第一学院、第二学院之间，现在也是以公寓房居多。读丁玲初期的作品《莎菲女士的日记》，不难看出，她作品中的"京都大学"，就是现实中的北京大学。作品中的"青年胡同"，就是现实中的中老胡同。站在胡同的中部往西面看去，景山的紫红色殿宇仿佛就近在眼前。我觉得无论从什么角度看，都不如站在中老胡同的中部，视线越过一重重民

---

① 一张榻榻米的面积相当于 1.65 平方米。

居的屋顶所仰望到的景山的侧影更美。

　　我想，居住在汉花园公寓的人们，也肯定不止一次欣赏过这样的风景。丁玲在远离家乡之后，来到这宁静的北河沿附近，想必她也曾听着商贩们叫卖货物的声音，仰望纯净天空的星光，倾听嘹亮的鸽哨声吧。然而，就在她的丈夫胡也频被杀害以后，丁玲就失踪了。而当她再一次闻名于世时，已经不再仅仅是个作家了。据传，前些年，张学良在西安发动事变之际，她身着军装奔忙于西安三原一带。在会见记者时，大口大口地喝着酒，满嘴的豪言壮语。

　　在这里，我记载了两位深受时代动荡影响的女性的形象。事实表明，她们曾经漫步过的北河沿和垂柳依依的林荫道，其实与她们的命运是毫无关系的。

# 所见所闻

（节译）

## 《国姓爷合战》 [①]

户板：很久没有机会与先生聊天了。

奥野：是啊。

户板：今天我们就聊聊您最近观看的一些演出节目吧。我想，新的剧目一定会给您留下深刻的印象。这个月在歌舞伎场参加艺术节的演出节目中，有一出叫作《国姓爷合战》吧？

奥野：这个剧，就整体而言，简直与中国的戏剧一模一样。剧本的

---

① 《国姓爷合战》：日本江户时代剧作家近松门左卫门编写的净琉璃历史剧。该剧将中国历史上的英雄人物郑成功改编成日本武士，还给他起了一个日文名字"和藤内"。所谓"和"就是指日本（大和民族），"藤"字与当时日本称呼中国的"唐"字在日语中的读音相同，"内"字则与日语中"不是"的发音相同。作者意指"和藤内"既非"和人"亦非"唐人"，十分荒唐。

作者一定是听取了许多具有中国戏剧知识的有识之士的意见吧。我怀疑用的是不是近松写的那个脚本。因为那个年代中国的许多戏剧知识都传到日本来了。我觉得，《国姓爷合战》的总体结构很中国化。

户板：是吗？您说的"中国化"指的是什么？

奥野：我是说它与日本传统的戏剧相去甚远啊。

户板：我想，作者要是没点中国戏剧知识的话，恐怕也没有胆量写这样的作品吧？

奥野：当然，有关郑成功这个人的史实，在日本也有许多传闻。可这次把它搬上了戏剧的舞台。从结构上看，一定是受到了中国戏剧的启发。

户板：连续演出了一年零七个月呢。他还要不要写续集啊？那样的话，需要积累很多素材的。

奥野：以"国姓爷"为题材的戏剧在中国倒是没有见过。不过，这个"国姓爷"的故事在日本确实很有名。现在改编成了戏剧，倒是令人感到很惊奇。再就是这个脱胎于净琉璃①的戏剧节目，到底好不好看啊？

户板：文学剧团的矢代静一②去年写了《国姓爷》，现在这个剧是由此改编的。

奥野：原来是这样的啊。

---

① 净琉璃：日本独有的木偶戏，又叫人形净琉璃。人形，即木偶；琉璃，是一种伴以三味线演奏的戏剧说唱。

② 矢代静一（1927—1998）：日本剧作家、演出家。日本文艺家协会、演艺家协会会员。

户板：不过，这也未必能够保证一定会取得成功啊。矢代君的做法，并不是先生刚才所说的意思。以前，小山内薰①在小剧场时，也曾经写过《国姓爷合战》。我想大概是在那个基础上构思的吧。现在新剧的作家又能写出什么像样的剧本呢？近松门左卫门这个人与以前的那些作者相比，可能更具有现代意识，与现代人的共鸣之处可能更多一些吧。

奥野：有这样的可能啊。近松曾经写过一个叫《博多小女郎浪枕》的脚本，说的是海盗和走私的故事，并没有引起其他净琉璃作者的关注。《国姓爷》的题材明显宽泛了许多，也比较能够贴近现代人的心思，容易引起共鸣。

户板：刚才先生说到的《国姓爷》《博多小女郎》，偶尔也会看到小山内翻译的现代语版本，真的很有意思啊。

奥野：是啊。

户板：那个叫作毛剃九右卫门②的，真是个很有个性的人。他成了走私的大老板，很像现在武打剧里的人物，个性非常独特。

奥野：也可以说那是现代人。同时，也可以说说老一官、和藤内的情况啊。尤其是生养在异乡的混血儿的问题。

户板：是啊。

奥野：生活在异乡的人们，总是想回到遥远的故国。在这个世界上，这样的例子真是太多太多了。而且，抓住这一点去写，又很

---

① 小山内薰（1881—1928）：日本明治末期至昭和初期活跃在文坛的剧作家、演艺家、文学批评家。

② 毛剃九右卫门：日本净琉璃《博多小女郎浪枕》中的主人翁。

能引起观众的共鸣。

户板：近松的作品《国姓爷合战》，似乎有宣扬国威的意思。对于中日友好关系的解读虽说并不是特别生硬，但在这个问题上是有矛盾的。它以异民族之间的通婚为基础，题材上与岩田曾经写过的戏剧作品《日本战争新娘》很相近。我想，岩田要是知道有《国姓爷合战》这部作品的话，大概就不会写《日本战争新娘》了。

奥野：是啊。

户板：再说说京剧《雁荡山》吧。像是有一帮"特攻队员"猛烈攻城，最后在城楼上竖起了旗帜。这个舞台场面给我留下的印象特别深刻。

奥野：是的，中国戏剧这样的场面很多啊。比如，《空城计》等，也是城楼上观战，城楼下激战，与你说的是同样的舞台布景。《国姓爷》一定是有懂中国戏剧的人从中指点，才会出现这样的演出效果。

户板：中国的脸谱，与日本的脸谱一定有关联吧？先生能谈谈看法吗？

奥野：我认为是有的。长崎一带的中国人，也就是华侨吧，恐怕在那个时候就已经开始演戏了。可以认为，中国的戏剧脸谱在日本的流传，给日本脸谱的形成提供了借鉴。

户板：这么说，这也是中国式的脸谱啊。

奥野：是的，我是这么认为的。

户板：听说日本的脸谱是第二代团十郎①发明的。第一代团十郎不知道用这样的脸谱，只是把面孔涂得通红，结果把眼睛给迷住了。

奥野：哦，是红脸啊。

户板：后来，第三代团十郎敷上白粉，就成了现在的样子。再后来就用脸谱，使得明暗的过渡更加自然。还有的说，他是看到牡丹花花瓣而受到的启发。恰巧，牡丹花也是市川家的家徽。所以，两者相互结合起来，就更加稳妥了吧。这个话题真是太有意思了。

奥野：是啊。

户板：中国的脸谱与日本的脸谱只是在构思上有些差异罢了。

奥野：是啊。

户板：脸谱的颜色种类，好像也是中国的更加丰富啊。

奥野：要复杂得多。但是根本的意思是相同的，主要是为了表现人物的性格。在这一点上完全是一致的。

户板：日本大概就采用红与蓝两种颜色吧。善人与恶人或者英雄与被英雄消灭掉的人物，用的都是这两种颜色啊。

奥野：举个例子吧。例如《车夫》，时平公与他在戏中的对手曹操，用的是同样的脸谱，大体上涂的是白色。虽然不能说是模仿中国戏剧，但可以说是受它启发吧。

户板：另外还有一个中国与日本在扮相方面很接近的，就是"竹田

---

① 团十郎：日本一演出团体的名称。

奴"所演的"五斗三番叟"和"阿古屋琴责"①。所谓"竹田奴",就是竹田的木偶,也就是在竹本剧团、丰本剧团②演出的木偶戏。人假装成木偶,与木偶做一样的动作。那种扮相与中国的"丑角"是一样的,就是在眉心涂上白色。

奥野:那是滑稽戏演员。

户板:那个扮相就跟滑稽戏演员一模一样。那他们为什么要在眉心涂上白色呢?

奥野:只有眉心是涂白的,这在中国戏剧中叫作"三花脸",即丑角。过去,丑角也属于净角的一种。

户板:哦,原来是这样啊。

奥野:丑角的鼻子周围也是涂成白色的。这也可以认为是脸谱的一种吧。

户板:我在北京看过《打渔杀家》。演到最后,有个类似早见藤太③的演员出来了。

奥野:那是滑稽戏演员。

户板:这个演员倒是给我留下了一些印象。那样的角色怎么会由滑稽戏演员来演呢?

奥野:是的,通奸戏中的奸夫基本上都由滑稽戏演员来演。

户板:这样啊。那不是"乌龟"④吧?

奥野:不是"乌龟",是加害者。

---

① "五斗三番叟"和"阿古屋琴责"都是日本歌舞伎的种类。
② 竹本剧团和丰本剧团都是古代日本剧团的名称。
③ 早见藤太:日本的戏剧演员。
④ "乌龟":这里指指奸妇之夫。

户板：是加害者啊。哦，这与法国戏正好相反嘛。（笑）

奥野：是吗？

户板：在法国戏剧中，那个受害者必须是丑角。

奥野：在中国加害者基本上都是丑角啊。

户板：是啊。

奥野：有点嘲弄的意思啊。说着说着就跑题了。

户板：那就说说您对演员的印象吧。

奥野：我觉得左团次不错啊。说实话，和藤内与左团次哪个是主角？

户板：和藤内是武将，武功比他更高一筹的是甘辉①，这是歌舞伎角色分配的需要。我以为，这样的安排很妥当。如果说《寿曾我对面》②的和藤内由尾上菊五郎出演，这样的角色分配是能够演好的。另外，这次是由市川海老藏饰演甘辉，松绿饰演和藤内，也是不错的搭配。③

奥野：和藤内是个很有人气的角色啊。

户板：是啊。

奥野：真是个很有人气的角色，老一官倒是很难演的，很考验演技，一般都是由左团次出演，很令人叹服啊。

户板：我特别感兴趣的是，这次演出的节目单上，在"和藤内"名字的后面，写的是"郑成功"。在歌舞伎的演出中，这样的写法还是头一回呢。

---

① 甘辉：明末清初郑成功手下的重要武将。

② 《寿曾我对面》：日本歌舞伎剧名。

③ 这里的尾上菊五郎、市川海老藏和松绿都是日本著名歌舞伎演员。

奥野：反正"和藤内"是个虚名，"郑成功"才是真名呢。

户板：说是这么说，这个名字既不是"大和"，也不是"大唐"，而是"和唐内"啊。

奥野：就是啊。这是涉及社会的热点问题啊。（笑）

## 《水浒传》

户板：前进剧团的《水浒传》演得怎么样啊？

奥野：看了，很不错。在中国，以《水浒传》为题材的戏剧中京剧居多。那出《野猪林》是新作吧？

户板：是吗？是新的吗？

奥野：老的京剧里好像没有这出戏啊。这个题材的戏剧虽然有很多，但都不是京剧。昆剧里就有《林冲夜奔》，场景和故事都与《野猪林》很相似。《野猪林》可能是依据那个剧本改编的，很有意思。

户板：这个构思也许在今年春天去前进剧团看戏时就有了。人民剧团派了"台柱子"来协助排练，从服装到道具给了许多帮助。说到底，这也不是轻而易举就能成的啊。

奥野：我想，这才是真正意义上的文化交流活动啊。

户板：是的，与其搞一些名义上的文化交流，还不如把眼前的事情做好呢。

奥野：是啊，是啊。

户板：只此一件，就很令人感动啊。

奥野：我深感中国向日本传授中国戏剧的诚意。当然，要是原封不动地把中国戏剧搬到日本舞台上的话，日本人可能难以理解。所以要进行一些改编，并且尽量采用一些歌舞伎的表演技巧，促进中国戏剧的本土化。

户板：例如，在梅兰芳一行访问日本之后，歌舞伎的一个重要剧种净琉璃也学习并模仿了一些他们的技法。这次的演出既没有模仿他们，也没有请他们介绍技法，完全是靠自身苦练出来的。武打戏是我感慨最深的，无论是剧目研究还是现场排练，都像是前进剧团家传的技艺啊。

奥野：服装一类的道具也借用了许多中国戏剧的元素吧？但老生要是也像中国戏剧那样装扮的话，日本人看着就不习惯了，就要笑话了。胡须是长在嘴上面的，看不见嘴啊……

户板：您说的是狂言①《唐相扑》中大王的胡须吧？

奥野：在日本人不太容易理解的地方，都作了精心的考虑。如此用心对待，肯定会有好的效果啊。

户板：剧终之前，林冲、鲁智深出场做了个类似歌舞伎的亮相，还是像在演歌舞伎啊。我看着那个场景，自然而然地想起了《三人吉三》②中大川端庚申塚③的谢幕。并且突然意识到，这不就是模仿着《三人吉三》写的《水浒传》吗？

奥野：是吗？真是这样啊。

户板：你不是演《水浒传》嘛，那我就来写《三国志》的剧本。我

---

① 狂言：日本四大古典戏剧之一。
② 《三人吉三》：日本歌舞伎剧目。
③ 大川端庚申塚：日本歌舞伎演员。

倒觉得这是件很有意思的事情啊。

奥野：的确如此。日本的歌舞伎中有《水浒传》吗？

户板：《水浒传》是有的，但那是哑剧。

奥野：哦，是哑剧？只有哑剧吗？

户板：不过，这个与《三人吉三》时期的《水浒传》是不一样的。默阿弥为团十郎和左团次写的剧本，是"九纹龙"与"花和尚"的武打戏。在中国的戏剧中，林冲也是那副装扮吗？

奥野：是啊。场面看上去有点像是翩翩起舞啊。

护板：可那样的话就不像武打戏了。

奥野：说到底还是角色的问题吧。那个角色应该是武小生才对。可演员很年轻，怎么看都觉得像个美少年。

户板："花和尚"在中国戏剧里是武生啊。还有那个棒子，好像是挑行李的棒子啊。

奥野：对，是用的棒子。

户板：那个场合，林冲肯定要上场吧。可他出场时一副若无其事的样子，一点演武打戏的意思也没有啊。

奥野：我觉得，前进剧团的女演员有些值得商榷的问题。她们太年轻了，压不住台啊。

户板：您这说的是登台的女演员吧？那么依您看，她们的表演怎么样呢？

奥野：就相当于中国戏剧中青衣的角色吧。总觉得有些不对的地方。

户板：是啊，我也觉得差了那么一点。

奥野：她们与花旦的角色混淆了，有点像是花旦与青衣的混血儿，看着总让人觉得别扭。可能是台风过于端庄了的缘故吧。

户板：我看的时候也有这种感觉。我与猿之助①一起访问北京的时候，看过《打渔杀家》，那是由梅兰芳和马连良出演的。就在演出刚开始的一瞬间，我感觉自己就像一个十分疲劳的旅人泡进了温热的洗澡水中，浑身的每个细胞都无比的舒适。

奥野：听您这么一说，我也想起来了。那是昭和多少年啊？折口先生在北京的时候，经常对我说起。

户板：那时先生也在北京吗？

奥野：是啊。记得折口先生在看中国戏剧的时候，连连说道："坏了，坏了！"他说，他原本以为只有日本的歌舞伎才有那些绝技，没想到中国的戏剧里面都有。当时我也没顾上问他到底指的是什么。要是问了该多好啊。由此可以得知，中国的戏剧与日本的歌舞伎在许多地方是有共同之处的。

户板："坏了，坏了！"这样的感慨很能体现出他内心的焦虑啊。先生挺能护短的啊。（笑）

奥野：中国的戏剧历来以唱功见长。可这次上演的却是散文戏剧，并且很传神地表达出了中国戏剧的原汁原味。这次的尝试很好地表明，中国戏剧也能够出色地运用散文的形式了。说起来，这个实验在全世界还是第一次呢。

户板：同时需要说明的是，前进剧团并没有意识到自己是在创造"世界之最"啊。我想，他们是绝对没有想到的。

奥野：嗯嗯，是啊。

户板：现在我有个问题，中国大陆戏剧的传统技法，在台湾也有

①　猿之助：日本著名歌舞伎演员。

吧？香港应该也有吧？台湾与中国大陆在演技方面有什么差别吗？

奥野：我想，台湾的主要剧种也是京剧。当然，台湾当地戏剧也是有的，但那基本上属于福建戏，是地方戏，这一点不容置疑。但大部分一流的京剧演员都在大陆，这也是台湾底气不足的原因吧。

户板：用天鹅绒帘子作幕布，是在新中国成立后才出现的吧？

奥野：是啊。

户板：那是我小时候看到的。舞台前面用一大块像是帘子似的幕布挡着，舞台的两边立着两根柱子。

奥野：不错，是这样的。现在看戏时，还会看到舞台后面有霓虹灯在闪烁。这样的情况在中国很普遍。

户板：这倒很会赶时髦啊。可是，舞台的布景应该都是古色古香的啊。（笑）

奥野：是的，是的。（笑）这次前进剧团也这么做了，《野猪林》的场景用上了幻灯片啦。

户板：是幻灯放映装置吗？

奥野：是的。采用这个装置的话，布景转换就特别快速。总之，前进剧团是成功的，林冲也演得非常好，甑右卫门这个演员真不愧为名角啊！


## 《秋灯记》

户板：在这个月的歌舞伎审议会公演仪式上，先生的《秋灯记》名列其中啊。据说，这个《秋灯记》的题目是后来改的？

奥野：是的。剧本最初的名字叫《美女与阎王》，也是根据审议会上各位的提议确定的。可久保田先生觉得这个题目不怎么样，建议改一下。剧终是秋天夜晚的场景，还点着灯，就起名叫《秋灯记》了。久保田先生也深以为然。这样，审议就通过了。

户板：那个脚本的素材真的是取材于《聊斋志异》吗？

奥野：在《聊斋志异》中有个短篇故事，叫作《陆判》。我只是受到《陆判》中阎王允许换脑袋这一点启发，其他内容都是我自己编的。

户板：哦，原来是这样的啊。那倒是很有趣的故事呢。《四谷怪谈》中男扮女装的演员化成岩石，后来又变成妓院的妓女。这种变化实际上是一种逃避，仔细想想，确实很有趣。

奥野：是的。

户板：我现在觉得自己有些秃顶了，头发越来越稀少了。

奥野：是吗？我倒是没有看出来啊。在户板君的剧评中，我看到你说尾上梅幸①的扮相有些丑。说得很中肯啊。他就是书生气太重了点，那也是与生俱来的吗？

户板：是天生的。在我看来，梅幸在那些演员当中算是待人最和善的了，他的演出风格也很有趣。但总觉得他有些文弱，用学者们的话说，要是能够再“硬气”一些就好了。

奥野：这个想法与中国戏剧的思路很接近啊。

户板：近朱者赤嘛。（笑）

---

① 尾上梅幸：日本著名歌舞伎演员。

奥野：是的，应该与史实联系起来才好啊。不过，要做到这一点也是需要花一番功夫的。

户板：阎王老爷在中国的形象是怎样的？在芝公园里有个"阎王殿"，盂兰盆节、新年期间倒是去过。据说要是说了谎的话，就会被阎王爷割掉舌头？净是些吓人的说法。在中国也有这样的说法吗？

奥野：对啊。所谓的阎王老爷，实际上并不是魔王，而是判官，判定人间是非。

户板：哦，原来有点像法院啊。（笑）

奥野：正是这样。所以，要是做了好事，他就给你好处。要是做了坏事，他就给你惩罚。而在日本却是一味地用他来吓唬人。

户板：是啊，只是惩罚啊。（笑）

奥野：中国提倡奖赏善行，这也正是日本人不太能够理解的地方。在中国人的想法里，此生与来世是一样的，各地都有郡县，也有官员。现世的人们死了之后，也要担任各种各样的官职。基于这样的考虑，我把它写进了剧本。但是，我想，这可能也正是日本的观众不太能够理解的。中国人建阴阳二宅，将此生与来世等同视之。而在日本人看来，此生最重要，来世何足道？可中国人是同等对待的。所以就不好理解了。这是个一言难尽的问题，还是等着大家慢慢理解吧。

户板：真是可怕啊，还不如把那个剧目停演算了。（笑）

奥野：那个阎魔取出手术器械的时候，总是先拿出起钉器，把人的舌头给拔了。

户板：真有趣。还是演员懂得怎样把握戏剧的效果啊。

## 《旁观者清》

户板：先生您前些时候在广播电台做了《旁观者清》的连续讲座，
　　　想请您谈谈这方面的情况。

奥野：在《旁观者清》之前，还有个节目叫《粗茶淡饭俱乐部》呢。

户板：啊，是吗？

奥野：那基本上都是在广播电台播放的，是水野成夫、绪方富雄、
　　　宫泽俊义和我四个人一起做的。起初说好以三个月为期，可
　　　是特别受欢迎，就延期了六个月，接着又延期了六个月，最
　　　后这个讲座开了整整一年半的时间。后来，由于水野成夫特
　　　别忙，我们就把它结束了。

户板：那么，后来就开始了《旁观者清》的连续讲座？

奥野：是的。这是最初采用的形式。

户板：据说是把有些节目中途停了而开办的这个节目。那时候是直
　　　播吗？

奥野：是直播啊，一遍就得通过啊。挺有意思的。不过这些都是过
　　　去的事情了，现在已经进入电视时代了。

户板：各位先生都是名家，直播自然不会有什么差池。可直播也是
　　　很紧张的啊。

奥野：是啊，广播局还提醒我们要注意呢。记得那时有个广告，是
　　　一种兴奋剂。

户板：是菲洛本吗？

奥野：是啊，就是菲洛本，可人家广播局的人告知我们说菲洛本是
　　　商品名称，大家还是说"兴奋剂"的好。我们哪知道那是商

品名称还是别的什么东西，那是第一次嘛。

户板：在我参加《只有我知道》节目之前，大概是池田君主持的时候，有了热水瓶。我听说，大家都"珠穆朗玛峰、珠穆朗玛峰"地称呼它。"珠穆朗玛峰"不也是商品的名称吗？大家都把热水瓶叫作"珠穆朗玛峰"了，使得 NHK 很为难，小声嘱咐道：你们叫它"保温瓶"就行啦。

奥野：真是啊！

户板：所以，全国转播的电视节目，要是在节目中提到了商品的名字而商家没有支付广告费的话，电视台岂不吃了亏？再者，NHK 这么卖力地帮它做免费的宣传，其他竞争对手岂不会不高兴？竞争对手的纠缠也是很烦人的。

奥野：主要还是那些出了钱在电视台做广告的商户们的纠缠。对于私营电台来说，那些广告商户的纠缠的确是很头疼的。说与不说，对于 NHK 来说，可以说是无关痛痒吧，但确实是私营电台的一个顾虑，有侵犯私人权益的嫌疑啊。

户板：您说得对，我也是这样。在歌舞伎剧场的转播当中，每次音乐广播之后，我都喜欢说自己平常使用的唱片是某某牌子。所以也给举办方带来了麻烦。

奥野：报纸也同样存在这个问题啊。

户板：《旁观者清》的成员是饭泽匡和古谷纲正吗？

奥野：是啊，就是我们三个人。

户板：现在已经不做直播了吧？

奥野：哪里，还是直播啊，现在是多渠道播出。一个人在大阪，我有时会去群马县。

户板：NHK 很强势啊。

奥野：是啊，它的分支机构遍布全国啊。

户板：我也是这个感觉啊，都怀疑我们现在到底是在哪里了。（笑）

奥野：哦，我从古谷君那里学到许多东西。从这一点来讲，收获确实不小。

户板：总觉得这个《旁观者清》比起以前的《粗茶淡饭俱乐部》要温和许多啊。《旁观者清》的第一集是扇谷正造、池岛信平、花森安治。当时的风格可能也影响到了后来的节目吧？

奥野：啊，《春夏秋冬》在电视里播出时，大概是这么个情况。我在广播电台做节目是从昭和十三年（1938）开始的，到现在正好二十五年了。

户板：是吗？该跟广播电台举行银婚庆典了。（笑）

奥野：是啊，是该跟广播电台庆祝银婚了。可现在是电视时代啊！

户板：先生您刚开始在电台做节目时，讲的也是有关学术方面的问题吗？

奥野：那还是我从中国回来之后，开始时讲的是有关北京的话题。讲北京的话题，自然就要涉及北京的戏剧。田村俊子，哦，她现在已经不姓"田村"了，改叫佐藤俊子了。那时是爱宕山①时代啊。我记得那年的夏天——昭和十三年，我在爱宕山与佐藤俊子聊了将近两个小时。那是第一次在广播电台办讲座，当时很流行这种讲座的，每次半个小时，大约连续讲十次吧，很受欢迎。那时是直播，有次我睡懒觉，等我睁开

---

① 爱宕山：日本京都的山名。

眼睛的时候，播出时间已经过去一半了。我赶紧打开广播，只听见播音员在说：讲师还没有到，请稍候。

户板：这怎么办呢？

奥野：那天就只好停播一次了。（笑）

户板：这么紧急的情况下，他们没有派车来接您吗？

奥野：那时哪来的车接？

户板：是个没有车接的时代啊。

奥野：是啊。

户板：那时接您的车还没有造出来啊！（笑）

奥野：据说，就为这件事，广播电台的人还写了检讨书。都是我干的坏事啊。（笑）

户板：不过，在这样紧急的情况下，还是应该用车来接一下的。我是在战后开始在广播电台工作的，这样的情况都是上门接送，尤其是早上那么重要的讲座。

奥野：那已经不是爱宕山时代了，那时广播电台大厦已经建起来了。当然，后来我就不再受到邀请啦。（笑）


## 京剧公演

户板：恭喜恭喜，今年新年期间上演了许多戏剧。首先，中国京剧院的第四剧团来访日本，新年伊始就在东京举行了首场演出，后来又去各地巡演，这个月末又要回到东京了。先生看过4号的首场演出吗？

奥野：是的。那次我受 NHK 的委托，要做第二天录像的解说员，前一天就去看了。这次的演员与以前的梅兰芳剧团相比，要年轻很多。从韵味上来讲，也就逊色了许多。只是《雁荡山》一出，由于武打的场面多，他们占了年轻和体力强壮的优势，还是不错的。《秋江》这出戏，以前演过吧？

户板：确实感觉到差距很大啊。

奥野：这次感觉就是不一样啊。以前有一种坐在船上乘风而下的快感，这次都演成什么样了？

户板：没有以前那种引人入胜的感觉啊。可《雁荡山》与《西游记》两出戏，体力和技巧都很不错。看得出来，是经过了严格训练的。

奥野：这次的阵容是以武打演员为主的，而唱功好的演员几乎没有，特别是老生演员，只来了一个人啊。

户板：您说的是《秋江》中的那个演员吧？

奥野：那个人倒不如说是个滑稽戏演员，在《西游记》中扮演过土地神吧。他是这次唯一的老生演员，而且是个次要演员，唱功不行。

户板：就是一直在《水浒传》中演张氏的那个演员吧？

奥野：估计是吧。总之，这次的老生演员就只有一个人。现在中国戏剧特别是京剧的核心就是老生的唱功啊。要是缺少了这个，中国的京剧就少了画龙点睛之笔，实在令人感到惋惜。不过，武打戏还是很好看的。

户板：这次演出的《西游记》，我在北京看过李少春的版本，剧本一样，想必这次的是李少春的弟子吧？

奥野：李万春，然后是李少春，再就是侯正仁，是这个顺序。侯正仁将来肯定会取代李少春的。

户板：这次的人员组成大概就是《西游记》的班底吧。

奥野：现在的京剧中与《西游记》相关的戏剧有八种之多，其中《闹天宫》上演得更多一些。

户板：除此之外还有不少吧？这次只有孙悟空一个角色，会有猪八戒等其他题材的戏吗？

奥野：会的。今后可能会有更多的鬼怪戏上演，例如《金钱豹》，就是以金钱豹这样的鬼怪为主角的戏啊。孙悟空的戏也演得差不多了，应该有一些其他题材的戏上演吧。各种各样的戏都有，只是他们选了日本人熟悉的戏来演罢了，所以就演了《西游记》。不过，的确很热闹啊。

户板：可谓是各路神灵齐聚啊，那阵势还能不壮观吗？

奥野：正是如此。不过，演出最后有一段合唱。这在中国古代的戏剧中是没有的，大概是中国歌曲在和声上太美妙的缘故吧。

户板：和声虽说不协调，可韵味深厚啊。

奥野：但给观众听这样的合唱曲，总觉得有些误入歧途的意思，好像是在模仿西洋音乐呢。

户板：这期间，报纸也有这样的报道。要是让我说的话，我对现在的幕布不满意，还是以前的那种舞台布景能够引发人们的思古之情。

奥野：是啊。

户板：现在舞台前面有帘幕挡着，人们从乐队面前揭开帘幕进进出出的，让人感到有些别扭。

奥野：是啊，是啊。还有一点跟之前也不同了，从梅兰芳来日本的时候已经发生了变化。那次，梅兰芳的琴师是一个叫作徐兰沅的人。等到梅兰芳出场时，徐兰沅就出来了。这与以前琴师的出场有很大的变化。从前，徐兰沅一出场，剧场里马上就响起"哗"的一阵掌声。徐兰沅深深地向观众鞠一躬，而后就座。哪像现在，胡琴被袖子遮了一半，有谁知道他是琴师？像个影子似的。我对这个变化也是不喜欢的。

户板：可能是有什么用意吧？

奥野：之前，梅兰芳访问日本的时候，已经是这样了。那时，徐兰沅也是一起来的，可就连徐兰沅的"徐"字都没有出现。并且，都是女演员也有些让人不好理解啊。

户板：不也有男扮女装的吗？

奥野：在中国戏剧中，女演员的艺术寿命是很短的。女演员既要年轻，唱功又要出色，这样才能登台表演。这就是中国的戏剧啊。所以，能够保持在花旦、青衣唱功水平的女演员总是凤毛麟角。就说梅兰芳吧，晚年来日本的时候虽说还不错，但比起以前来，他的功力也是衰退了许多啊。我们说女演员的艺术寿命很短，也就是这个意思。日本有个名叫水谷八重子[1]的女演员，那是个难得的例外。

户板：是啊，真是难得啊。我们还是来说说京剧的演出吧。我在北京看李少春演的《西游记》时，他嘴里吃着桃子，能从地上一跃而起，跳到桌子上。现在的演员还能做到吗？

---

① 水谷八重子（1905—1979）：日本话剧、新派剧女演员，在舞台上活跃了六十五年之久。

奥野：能啊。

户板：可这次是先跳上椅子，然后再上的桌子啊。

奥野：要说真功夫的话，还是李少春他们当年师徒制度下的"科班"厉害啊。他们是经过"科班"锤炼过的，哪像现在的学校教学？现在可能学得轻松，但真功夫不到家啊。我看过学校教学时的格斗场面，好看倒是好看，可总觉得与过去的"科班"练功有些差距。

户板：这确实是个难题啊。

奥野：现在，在戏剧教学方面，除了滑稽戏以外，其他课程采用的都是普通教学方式。所以，我认为，演员自身的课业负担加重了。

户板：我是9号看的《水浒传》，《野猪林》用的还是以前在前进剧团演出时的剧本。当然，演员也是挥舞着长头发，仰天长叹。最后是林冲不断空翻打斗的戏。尽管用的是同一个剧本，服饰、舞台布置都是一样的，长十郎①却是无法做到的。

奥野：那些都是前进剧团向中国演员学来的吧。我听说，中村梅之助②就连武打戏也用滑稽戏的形式来表演啊。

户板：《水浒传》演出时，前进剧团确实是这么做的。他们特意从北京请来了四位年轻演员，观看他们的演出，接受他们赠送的服饰、舞台道具等。先生您一定知道《水浒传》有许多的剧本吧？

---

① 长十郎：日本歌舞伎演员。
② 中村梅之助：日本著名演员。

奥野：是的，有很多剧本，比《西游记》的剧本还要多。不过，从
　　　《水浒传》衍生出来的剧本，大多是世态剧①。这大概是受
　　　到现在禁演令的影响，以及对原来的剧本进行了大量的修改
　　　而产生的后果吧。我为此感到深深的惋惜。

户板：说到底，还是内容上有问题啊。

奥野：那是因为会被打成"反革命"吧。包括两个老婆的问题。

护板：真有这么严重吗？

奥野：宋江杀小妾的《乌龙院》这出戏，倒是一出很好的戏，可惜
　　　因为它属于"世态剧"，被禁演了。

户板：现在看到更多的是《水浒传》《西游记》和具有代表性的中国
　　　长篇故事。《三国志》怎么样啊？

奥野：由《三国志》改编的戏剧也是很多的，不过，大部分都被重
　　　新改编过。现在演出的剧目中，曹操一般都是坏人，恰巧与
　　　对藤原时平②的评价相吻合。可是，现在人们在呼吁重新评
　　　价曹操。历来在戏剧中出现的曹操都是奸雄的形象——虽说
　　　也是个英雄，但认为他很"奸"。

户板：像中国这样的大国，要想推动大的变革也是很不容易的吧？

奥野：中国人对曹操和秦始皇的重新评价，就像日本人对足利尊
　　　氏③重新作评价一样。

户板：有一个京剧剧目叫作《四郎探母》，以前没能上演，最近怎么

---

① 世态剧：描写当代风俗人情的日本歌舞伎、净琉璃剧目。
② 藤原时平：日本京都平安时代的公卿，官至太政大臣。
③ 足利尊氏：日本南北朝时代的武将，室町幕府初期的征夷大将军。

样啦?

奥野：经过修改最近已经上演了。说到底还是两个老婆的问题啊。
　　　这是不允许的，所以，就变成了未婚的杨四郎孤身一人探望
　　　母亲了。

户板：原来是这样啊。

奥野：尤其是 40 岁以上的人，从年轻时就一直在看这些戏剧，所
　　　以，对这些东西很容易产生共鸣。

# 周作人与钱稻孙

卢沟桥事变之后，北京城陷入了一片混乱之中。从未设过租界的北京，要说日本人居住比较集中的区域的话，大致也就是城东——以东单牌楼为中心那一带了。可是，事变以后情形就发生了变化。无论是城北还是城西，日本人居住的范围已经扩大到了整个北京城。

以前，在城西一带，居住的日本人屈指可数。因此，从西单向北，往西四牌楼方向散步时，若是偶尔遇见日本人，人们会感到很惊奇。更何况从西四牌楼再往北呢，那连个日本人的影子也见不着了。不过，与日本人关系最为亲近的周、钱二位先生却是居住在西四牌楼以北的。这不能不说是一件令人费解的事情。

周作人先生和钱稻孙先生都不是土生土长的北京人，也不是那种靠着动荡时局发迹的人。诚如人们所知道的那样，自从光芒闪耀的"新文化运动"以来，由于喜爱北京，他们便在城西定居下来，静心地读书、著述，作为文坛的宿将，备受世人敬仰。

周先生的居所在八道湾，钱先生的居处则是在受壁胡同，八道湾在受壁胡同的北边。一如他们比邻而居那样，人们能够感觉到周、钱二位先生私交甚笃。我们常常能够从周先生的口中听到对钱先生的赞誉，也经常能够听到钱先生对周先生学识、为人的赞扬。

周、钱二位先生至今还能安居在古槐葱茏的古城一隅潜心读书，实在不能不说是北京这座古城的幸运。尤其是众多的读书人在卢沟桥事变后纷纷离京而去的今天，二位先生依然生活在北京，确是一件意义深远的事情。

北京大学关闭之后，就迁往了长沙，决定在长沙重建。当局发放聘书，诚邀各位教授前往长沙赴任。可是，就在事变之后不久，我亲眼见到周先生并无前往长沙的意向。

当时，先生说他非常喜欢北京，不忍离开。正如他在散文《北京的好坏》一文中详细叙述的那样：北平于我的确可以算是第二故乡，与我很有些情分。北京气候好，是老家绍兴等地的气候无法相比的……但仅是众多好友都已经离开北京这一点，也足以使他有了寂寞之感。当然，这种寂寞的感觉，他自己是决计不会说出来的，这只是我自己的想象而已，抑或是先生脸上所流露出的寂寞神情罢了。

周先生居住的八道湾，正如地名所暗示的那样，是在弯弯曲曲的小路的尽头。除了院子以外，四周还有一大片空地，娴雅幽静，树木葱茏，是一处非常适合文人居住的宅子。夏季蝉鸣声声，绵延悠长。秋日落叶缤纷，静寂无声……我坐在客厅西侧的椅子上等候主人的间隙，四周安静异常，几乎听不到一丝声响。

客厅东侧是一间书房，书架挤满了房间的四壁，装满了古今中外的书籍。书架用帷帘遮挡着，显得典雅别致，几乎看不到藏书的痕迹。还有大量的书籍没地方安置，就只好堆放在接待客人的桌子上。所有书籍都整理得井然有序、纤尘不染。

那是一座传统的中式住宅，地上铺的不是木质地板，而是青砖。房间的布局就是常见的"一暗两明"，室内的光线有些暗淡。先生背窗而坐，窗外的光线绕过他的背照射进来。在这暗淡的光影中，先生鼻梁上的镜片，随着他那不紧不慢的语调，不时地闪着亮光。先生总是这样——有些害羞似的耸着肩，带着深谋远虑的神情，谈论一些意味深长的话题。

我初次拜访周先生，是作为户川秋骨①先生的使者，给周先生送秋骨先生的散文集。我还记得，当时周先生就散文这个话题，畅叙了他的意见和看法。

早年，先生是"白话运动"②的领军人物，是文学革命的倡导者和实践者。他对新文学所做出的贡献，在后来的文学史上是光彩夺目的。先生在新文学运动中所表现出来的才华，以及他不懈追求的目标，正是散文文学。

既作诗词也做翻译的先生，用心更多的还是在散文领域。由于先生的倡导和亲历亲为，使得散文这种体裁的文学作品在中国文学史上占有了重要的地位，成为久盛不衰的一种文学形式。

要是读一读先生的《谈龙集》《谈虎集》《雨天的书》《泽泻集》，

---

① 户川秋骨（1871—1939）：日本的评论家、英国文学研究家、教育家、翻译家、散文家。

② "白话运动"：在20世纪早期中国文化界中，一群受过西方教育（当时称为新式教育）的人发起的一次革新运动。

以及他新近出版的《瓜豆集》等散文集，还有他发表在《论语》《谈风》《宇宙风》等散文杂志上的众多文章，我们就会发现，先生不仅是一位笃实淳厚的学者，还是一位激情充沛的热血男儿。

先生具有渊博的学识、睿智的性情和优雅的兴趣，这使他得以避免走向极端。先生表面上静如止水，而在那"止水"的深处，却积成了一个深潭。人们可以真切感受到，在那深水之下，潜藏着一条怒目而视的蛟龙。

有些攻击周先生的言论，嘲笑他是"穿着现代服装的士大夫"（许杰：《周作人论》），那实际上是对先生所奉行的中庸之道的中伤。可在中国，大概再也找不到比"中庸之道"更加意味深长的词语了。当人们提倡慎行慎言，力戒标新立异、思想激进的时候，总是喜欢用这个词语来表述。要是仅凭这一点就断定某人热情枯竭、思想腐朽的话，不能不说有些过于激进了罢！

那些攻击周先生的人认为，周先生曾是"五四"时期倡导新文学的先锋，现在失去了以往的斗志，自甘堕落，成了曾经被他口诛笔伐过的"田园文学"的同类。然而，这些人非难的声音，也不外乎陈腐至极的论调，暴露出他们不求上进的事实。纵观他们非难先生的那些说法，我觉得，大多是他们自己误解了先生的缘故。

先生在五十寿辰之际，曾经作过一首七言诗，用以抒发自己的所感所思。他这样写道：

前世出家今在家，不将袍子换袈裟。
街头终日听谈鬼，窗下通年学画蛇。
老去无端玩骨董，闲来随分种胡麻。

旁人若问其中意，且到寒宅吃苦茶。

这首诗一经发表，原本就讨厌周先生的人简直如获至宝，狂喜不已，向先生发起了猛烈的攻击。

虽然，周先生作为白话诗的倡导者，像中国的旧文人那样作七言诗也无可厚非，但就从他陶醉于"谈鬼""画蛇""骨董""胡麻""苦茶"等言辞来看，已经无可选择地归入了陶渊明式的隐士行列。要是把"前世出家今在家"这句话改成"今天在家前世出家"的话，那么，对于先生"在家"的行为还会产生质疑吗，还有必要再作辩解么？这种浅薄的责难，在先生看来，必然是一群血气方刚的青年所为，倒是一种充满稚气的可爱的举动。

"一个人的生活态度，时时都可能发生变化，很难保持十三四年没有任何变化。近来，我感到自己的思想在逐渐消沉，无法再保持'五四'时期的那种浮躁凌厉的精气神了……"当先生这样若无其事地作了解释之后，这群人又立刻嚷嚷批驳道：思想的消沉并非思想的深沉，更不是思想的深刻！

这些言论，对于先生来说无疑会感到很厌烦。不过，先生仅仅将这些声音当成聒噪的蛙鸣，还是可以面带微笑接受的。

林语堂评论先生的诗，认为该诗冷中有热，于悲哀之中泛出幽静的色彩。要是进一步引申林语堂的评价，他所指的不仅仅是先生的诗词，也可以看作是对先生文章的总体评价。

散文家周作人，在其后来的作品里将热情与悲伤巧妙地隐藏起来，自有它的妙处。先生先前的作品在运用华美辞藻的同时，很直接地吐露出自己的澎湃激情，因而人们对于他的热情和悲伤，自然是一目了然。就像他后来收集在《谈虎集》中的抨击《顺天时报》的文章那样，是多么的直截了当！而他在介绍北京的饮食，回忆日本的游学，谈论希腊文学及雨的话题时，文笔优雅，于浓浓的情趣之中，透露出深切而雅素的苦涩。于是，读者从表面看，他的热情和悲伤似乎消失了。其实，他的热情和悲伤并非没有了，只是看不见了。也就是说，他的文章达到了冷中有热，于悲伤之中泛出幽静色彩的境界。

先生是位特别注重礼节的人。我深感惶恐的是，就在我第一次拜访先生之后不久，他就从城西的一隅，乘着轿子，特意跑到我的住所——孟公府箭杆胡同回访来了。

箭杆胡同在我的记忆里是温馨而让人留恋的。它是北京大学第三学院里面的一条死胡同，那座隐现在三棵老槐树枝叶下的简朴门楼，便是我的寓所。

门前的槐树下，始终是附近的老妈子和姑娘们聚集的场所。那些以拖着鼻涕或长着疥癣的孩子们为主要顾客的糖果小贩，还有那些以家庭妇女为主要顾客的针线小贩，总是喜欢把货车停在这三棵老槐树下叫卖。也许那里是条死胡同，很适合他们做生意的缘故吧。因此，本该是寂静的胡同尽头，却显得特别的闹腾。

当然，那地方也并非只有在小商贩们前来推销货物的时候才会热闹起来。例如，居住在我旁边的那位律师，他的大太太和小太太就常常会因为律师而发生剧烈的争吵。每当此时，家庭内部的纷争必定会扩大，进而将"战场"转移到门前的老槐树下。她们二人会在近邻们众目睽睽之下，展开是非曲直的争执，场面亦是十分壮观。我呢，也在见识她们争执"胖瘦"的过程中，记住了一些北京的土话俚语。

　　周先生坐着轿子来到我寓所的时候，偏巧赶上这两位太太在老槐树下剧烈争吵。

　　那天，我知道她们又是老生常谈，就没有出门观看，而是躲在自己的书斋里读书，耳畔断断续续传来阵阵争吵的声音。就在此时，家童送来名片，说了声："有客人！"我一看名片，只见上面写着"周作人"，顿时大吃一惊，连忙迎了出去。确实是周先生，我愈加手足无措。院墙外面在高声吵架，而我却要在屋子里接待意想不到的客人，真是感到很失礼，就更加心神不宁了。

　　不过，随着先生缓慢沉静的语调，我的心情也慢慢地平静下来，已经感觉不到院子外面的吵闹声了。那天，先生与我聊了许多话题，他还谈到了永井荷风先生的文章。周先生说，他也是荷风文学的海外爱好者之一。并且还谈到他正在将希腊古谣翻译成汉语的事情。他说：韵文的翻译特别难，你要是遇到夹杂在散文中的韵文的话，就更加难译了。

　　现代中国，在日语方面造诣最深者，就数周先生与钱稻孙先生二人了。从日常会话的流畅程度来看，钱先生或许更胜一筹。那是因为钱先生是从小练就的"童子功"，而周先生则是中年学成，这是没有办法的事情。例如，那天我们谈起荷风先生，刚开始的时候，先生将本该训读的"雨潇潇"的"雨"字，读成了音读。自然，我们并没有理由据此就对周先生的日语造诣产生怀疑。

　　从八道湾到孟公府，路程相当远，真的让我很过意不去。可先生却若无其事地说道：我常来北京大学，没关系的。这就让我更加不敢当了。在如此煞风景的寓所里，我拿不出一件像样的东西来招待贵客。而先生却饶有兴致地品尝了许久喜田洋行贩卖的日本粗茶，令我愈加无地自容。

之前离开日本前往中国的时候，水木京太向我推荐了和田三造画师的作品。他说这画价钱不贵，有眼力的人肯定喜欢，于是我就买了几幅。那天，我把剩下的一幅赠给了先生，他竟非常高兴，可见先生是个特别喜欢书画的人。当我把先生送到门口时，无意中发现原来在老槐树下吵架的二位妇人，不知何时已经偃息了旗鼓。她们二人的身影虽不见了，可那围着卖针线货车的妇女们都还在。

就在通往孔德学校方向的那个拐弯处，先生又回头看了一眼，发现我还呆呆地站在门口，便又轻轻地朝我摆了摆手。

谈到周作人先生，就不可能不说到现代中国伟大的灵魂之一——鲁迅——周豫才先生。这对天才兄弟的出现，在某种意义上可以说是现代中国的一个奇迹。这里我重点指的是古典文化方面。这是不容置疑的事实。当我们盛赞中国文化的时候，是不能否认少数几个人的价值的。

从鲁迅逝世后文艺杂志《中流》发行的哀悼鲁迅的专刊中，我了解到，鲁迅在北京教育部任职时，曾经与俄国的盲人诗人爱罗先珂一同住在八道湾。

那天我在拜访周先生时，问起鲁迅住处的情况。周先生告诉我，鲁迅在周家曾变更过三次居室，第一次住的是客厅里面的房间，第二次住的是与客厅隔着一个院子的东厢房，第三次住的则是院子南面的前房。前房现在则是周先生的公子周丰一[1]的卧房。

---

① 周丰一（1912—1997）：周作人的长子。曾在北京图书馆任职。其母为羽太信子。

我观察这些房间，想起已逝的鲁迅的一生，再打量一眼这位站立在我身旁、慢条斯理与我说话的周先生，万千感慨不由得涌上心头。

鲁迅在北京生活期间，住处不只有八道湾的周家。离开八道湾之后，鲁迅搬进了远在南边的位于前门外南半截胡同的绍兴会馆。他的这个住处也是人们难以忘怀的。我在北京时，得闲便会徒步寻访那些"五四"以来与新文化运动有关的故址，例如，北河沿的汉花园公寓、城南的陶然亭、菜市口的闹市区，等等。

旧址上发生的那些故事仿佛就在眼前，等你走过去一看，那些值得缅怀的岁月，却连一件值得纪念的东西都荡然无存了，实在是令人百思而不得其解。这或许就像当年马场孤蝶①先生回忆大音寺前广场的情形差不多罢。虽然我们感觉北京城的变化很小，但你若是慢走细看、用心体察的话，它的变化也是显而易见的。更何况，卢沟桥事变之后，在日本人数量剧增、房屋日趋紧张的今天，变化就更大了。我想，北京城里那幅肉眼看不到的小小的"文学地图"的路标，也将在不知不觉中消失殆尽。

绍兴会馆是前门外众多大小会馆中的一个，是由各地的乡党集资建设的。过去，无论是从文化的角度，还是从经济的角度来讲，会馆的活动都是非常重要的。

从商业往来方面看，会馆是同乡在婚丧嫁娶、金器邮递、住宿、救济等方面相互提供帮助的机构，发挥着很重要的作用。但随着社会的急剧变化，会馆的功能也日趋衰落。因此，现在前门外众

---

① 马场孤蝶（1869—1940）：英文学者、评论家、翻译家、诗人，日本庆应义塾大学教授。

多的会馆已经徒有其名，多半是空着的，还在经营的也是墙皮剥落、屋梁倾斜，仅为乡党们提供住宿之类的功能，苟延残喘罢了。

当年，清王朝鼎盛时期，各地的青年才俊追逐金榜题名的美梦而云集京城，大多都居住在会馆里备考。一旦进士及第，当天早晨，都要在会馆的墙上挂上匾额以示谢意。这种做法是多少年来的惯例。而现在，各处会馆的墙上剩下的，也就是那些类似遗物的匾额了。

当时的鲁迅，自然也只得选择自己同乡开办的会馆。就在会馆那个小小的灯光昏暗的房间里，他写出了著名小说集《呐喊》中的许多篇章。

一天，我去南半截胡同寻访绍兴会馆。看门的老人问我找谁，我告诉他谁也不找，随便看一看就行了。老人露出满脸的诧异，说：里面什么都没有啊！

走进会馆，却找不着鲁迅呕心沥血写小说的房间。围绕着院子的房间的窗户都那么肮脏，随处可见破损的痕迹，呈现出一派败落景象。我信步走进后屋，同样也是空落落的，了无一物。由于旧历年刚过，会馆里还张贴着关老爷的画像，画像面前摆放着一些供品。

我问身后的看门人：现在会馆里还有住宿的客人吗？老人回答说：除了在校的学生外，还有一家两口子。

我伫立在这座寒冷彻骨的会馆里，一时思绪万千，竟想起当年鲁迅为热情所驱使，埋头创作小说时的情形。

这座绍兴会馆，继鲁迅之后，许钦文也住过。他在这里完成了短篇小说集《故乡》、长篇小说《赵先生的烦恼》，以及中篇小说《鼻涕阿二》，并完成了短篇小说集《毛线袜及其他》的大部分和短篇小说集《回家》的后半部分。他还曾写过一篇回忆录，题目叫作《菜市口》。文章这样写道：

> 即使到了半夜过，南半截胡同里卖果儿冰糖和油硬面饽饽的叫声仍然不时可以听到；花两三个大子儿，不但可以点点心，也是很助兴趣的。

> 从菜市口去文化街的琉璃厂固然很近，离先农坛和天桥也不远；元庆的杰作《大红袍》就是傍晚游了天桥，当夜在绍兴县馆里一气呵成的。

> 故都的浴堂里面总是烧得很暖热的；菜市口附近的浴堂，价钱便宜，也还干净；在那里先剃个头，洗澡以后躺一下，于懵懂中很容易"捉住意境"；我的初期的小说，大概是这样想好了格局的。

> 在菜市口，最热闹的是中秋节的前几晚，成串的葡萄，血红的柿子，更其醒目的是高大的"兔二爷"，竖着两耳，翘着嘴巴，真是神气活现；一经看到，我总有"笑不得"之感。卖水果和兔二爷的摊子是这样的多，从丞相胡同的口子一直摆到北半截胡同，简直不留一点空地。

许钦文是十八岁的时候住进绍兴会馆的，与鲁迅相比，可谓是个晚辈。所以，生活方式等方面可能存在着差异。但是，可以这样认为，由于他们居住在同一座会馆，所见到的景物、所行走的路线也应该大致相同罢。

许钦文是这样描述的："从菜市口出发，东往骡马市大街，由珠市口而到前门，北进宣武门去西单牌楼等处……"想来，鲁迅也总是重复这样一段路程，穿过拥挤嘈杂的人群，回到会馆那冷冰冰的房间里，熬过多少个不眠之夜，呕心沥血地撰写他那些小说。

我经常循着这条路线的相反方向散步。从宣武门往南，在王麻子剪刀店旁边转弯……懒散的猪倚着墙根，成群的鸭子叫声不断，尘土飞扬。每当走过这里，看着如此混乱的场景，我的脑海里总是会浮现出鲁迅年轻时的样子——他那清澈的眸、温热的心，以及他那直面人生的风貌。

如果一定要把周作人先生与钱稻孙先生放在一起作比较的话，他们二位既很相近，又颇具差别。钱先生现在已经基本上不写散文了，而是作为一个纯粹的学者，一心一意地投入到日本语以及日本文学的研究之中。

虽然，如张我军、谢六逸、钱歌川等能够说日语、翻译日本文学作品的中国人也不在少数，但可以断言，无论是从对日语理解的准确性上讲，还是从学识修养的深厚程度上讲，并无人能够超出周、钱二位先生。前些时候，我们近代科学图书馆的《汇报》刊载了钱先生对三首"万叶歌"解读的文章。当然，这只不过是一鳞半爪，要是能够将"万叶歌"的全部——即便不是全部，仅仅是其中的精华部分——按照他的思路进行解读的话，那么，我想，就一定能够开创用汉语解读《万叶集》之先河。翻译自然是一件极难的事情，这里所说的"极难"，当然是指优秀的翻译作品。要说粗制滥造的话，那就多得不计其数了。

解读是公认的难事，哪怕本国的古典作品亦是如此，更不用说是别国的古典文献了。钱先生虽说是初次涉猎，小试牛刀，却也可以说是锋芒毕露，大功告成指日可待。除此之外，先生还着手将《源氏》一书以及漱石的《道草》等著作译成汉语。在年轻时，他做过很多这方面的事情。

据说，他以前在率领清华大学的学生前往日本访问时，总要事先告诫学生们：对于日本的文化，切莫简单模仿，因为日本人的"模仿"往往都是具有创造性的。诚如他所倡导的那样，先生自身对于日本见解之深刻，是那些所谓"知日亲日"的人望尘莫及的。

周先生是中国人中难得表示不喜欢中国戏剧的人。他不光这样说，还写过类似的文章。然而，钱先生既是美食家，又是戏迷。我也觉得中国戏剧挺有意思，就每天不知疲倦地往各处的剧场跑。可是，有一出叫作《八大锤》的戏，我虽看过许多遍，却总是提不起兴致来。尽管如此，这个剧上演的场数还是很多。想来，它一定有很多有益的东西，因此观众觉得很有意思吧。我呢，也只好以谦逊的态度，表示自己也许尚未很好地理解该剧的剧情吧。

一天，我在新新剧院的包厢里与钱先生不期而遇。开场的戏竟然就是《八大锤》。我心想，这下麻烦了。谁知，坐定之后，钱先生突然说道：这部戏我都看过好多遍了，总觉得没什么意思。听先生这么一说，我竟也情不自禁地高兴了起来。事后，我把这些话说给先生听，先生也只是一笑了之。

今年春上，钱先生来日本，虽然旅行日程安排得特别紧，可还是抽空让我陪了他半日，四处走走，实在感到万分荣幸。在北京的时候，我曾与先生商定，要去北京大学听周作人先生的日本文学课。先生询问我何以会产生这样的念头。我告诉他说：我以为，要想研究日本文学是怎么用汉语来表达的，这是一条最佳的捷径，周作人先生则是最佳人选。我的想法立刻得到了钱先生的赞同，可就在即将付诸实施的时候，赶上了卢沟桥事变，这个计划最终还是被迫放弃了。

不听中国文学课而改听日本文学课——作为汉语文学研究的一种方法，是我深思熟虑的一个方案。然而，我以为，要想真正实施这个方案，则必须仰仗周、钱二位先生，倘若想在其他教授中寻找合适的人选，无论如何也是一件万难的事情。

# 冰心型与白薇型

　　在近代中国，女性的觉醒之日，便是她们环顾四周，发现自己已经被黑暗压得喘不过气来的时候。就这一点而言，无论哪个国家，几乎都是如此。起初，女性们陷入漫无止境的悲伤与痛苦之中，进而引发她们对于如何摆脱这种处境的思考。于是，对知识的渴望开始猛烈地冲击她们的精神世界。但是，在近代中国这个情况特别复杂的时期里，如果你以为觉醒和反抗能够毫无挫折地顺利进展的话，那就大错而特错了。黄莺初出幽谷，在飞上大树枝头的过程中，由于猛烈地拍打翅膀，也会数度跌入峡谷。只有停歇在树枝上婉转啼鸣者，才是幸运的黄莺；跌入激流葬身水底者，是可怜的黄莺；跌入激流却又能够振翅高飞者，则是勇敢的黄莺……黄莺的命运是各不相同的。就这样，在已逝的整整二十个春秋里，中国社会的进步显而易见，但积重难返的陋习与矛盾，却并非海风送爽，可以轻易地得到解决。即使前面的问题得到了解决，又会有新的矛盾蜂拥而至。因此，展现在我们面前的中国的历史，常常是重重叠叠的压迫和破坏的过程。为了摒除陋习和矛盾，就必须进行激烈的革命行动，由此危险与动荡总是如影随形。那些除了诵读古籍和潜心精美刺绣之外再无事可做的、虚度年华的中国资产阶级的女性，枉度岁月，既无任何精神上的进取可言，也无任何精神上的慰藉可依。而那些看不到任何希望的下层女性，如同被装在闷罐里一般，接受不到哪怕是一缕新鲜的阳光……如此这般的中国社会，一旦哪一角崩塌了的话，就如同"瓦解"的字面含义那样，距离垮台不远了。不过，这与万里长城的情况很相似，由于它总体的过于庞大，也许在我们的眼里并没有什么变化，那些被破坏的部分也只是显得比较混乱而已。为此，人们会筹划修复这些崩塌的地方，往上堆砌很多的砖瓦。然而，堆着堆着，又崩塌了，这就更加悲惨了。无论是二十年来坍塌的地方，还是坍塌之后又修复了的地方，都开满了各色的野花，在风雨飘零中也长满了青苔。在一切都成了过去的今天，我回顾这二十年来她们所走过的路程，就更加预见中国女性的未来。我前面反复强调的"二十年"，说的当然是 1919 年以来的二十年。可以说，1919 年是现代中国具有划时代意义的一年。这一年，在中国青年男女中诞生了具有现代意识的"知识阶层"，这是广为人知的五四运动所带来的成果。无论怎样，那种反抗陈规陋习的热情，就像对新鲜空气的向往，虽然表现得很勇猛，但由于其冲动性，也是最容易被利用的。也就是说，这些尚未成熟的单纯的热情，恰如上等的璞玉，是可以随工匠的意愿雕琢的。这种"感伤主义"的热情，后来掀起了打倒旧军阀的滚滚怒涛，燃起了国家统一的燎原烽火，接着又点燃了抗日的熊熊烈焰……

在北京的童谣中，有一段是这样唱的——

哥哥妹妹来赛跑，
谁先跑到谁先好。
不，我们年纪小，
哥哥一定先跑到。
还是大家努力跑，
谁快谁迟不计较。
跑！跑！跑！

这段童谣中所唱的这对兄妹，可以说，很像那些投身于五四运动旋涡，如痴如醉、勇猛前行的青年男女。他们坚持着一直往前跑，有的被路上的石头绊倒，损伤了皮肉，有的快速地跑到对面的树荫下，得意地微微发笑。那些与哥哥们一起跑着玩的妹妹们，如果对社会有一些深入的思考，就会上演许多令人捧腹大笑的喜剧和值得讥讽的悲剧。她们多半沉湎于不真实的梦想之中，处于心神不定的境地。虽然，她们的热情里，也不能排除包含着某些勇敢的成分，但就总体而言，她们也不得不接受这样的责难：多愁善感，过于乐观地看待社会和现实。正因为如此，有些女性投身到革命的浪潮中之后，有幸认识了社会，清醒地意识到自己身处于新的时代。而有的女性在这样的大潮冲击下，很快就变得颓唐消沉，如同尘灰一般烟消云散。在人数众多的女学生中，至今还活跃在我们面前的，都是那些在炽热的"白话运动"浪潮中，携笔登上文坛的文学巨子。尽管她们那些涉及社会问题的小说、戏曲、诗歌、评论等作品显得有些幼稚，却也充分表达了她们的心情以及她们的实际生活状况。

要是列举那些在文学道路上走得比较顺利的作家的话，我脑子里最先浮现出来的就是冰心、绿漪等人，她们走过的道路是踏实的。由此，我们可以这样认为：在过去二十年中国发生天翻地覆变化的过程中，唯有她们，才是踏踏实实展现中国女性世界的杰出代表。冰心女士本姓"谢"，所以，她在使用"冰心"这个笔名的同时，也用"谢婉莹"这个本名。冰心女士出生于福建，年幼时被送到山东的芝罘。正如她在自述里说的那样："我从小是个孤寂的孩子，住在芝罘东山的海边上。三四岁刚懂事的时候，整年整月所看见的：只是青郁的山，无边的海，蓝衣的水兵，灰白的军舰。所听见的，只是：山风，海涛，嘹亮的口号，清晨深夜的喇叭。"辛亥革命爆发后，她们全家人一起回了福建老家。不久，她也进入福州女子师范学校预科学习。

她来北京生活，是从 1913 年开始的。从那个时期起，她读的书由原来的《三国演义》《水浒传》《聊斋志异》等，逐渐向《妇女杂志》《小说月报》等演变。不过，那时她也还在读从前的笔记体小说。应该说，那个时期她读的书很杂。她在北京时，就读于贝满女子中学。这是一所位于城东灯市口的教会学校，学校的校舍很漂亮，只有那些家境富裕的女子才有资格入学就读，是北京城里屈指可数的贵族女子学校之一。即便是现在，也还是北京市内为数不多的女子学校之一。事实上，冰心在这所女子学校里，接受了比较多的基督教的熏陶。她在立志走新文学道路的过程中，没有像当时有些女性那样陷入盲目冒进的泥潭，这固然与她自身的性格有关，也与她在贝满女校所受到的西式教育分不开。不仅如此，这种教育对于她后来文学作品的影响也是非常深刻的。"五四"时期，冰心还是燕京大学的学生，时代的热情驱使她不容犹豫地走上了新文学的道路。她给《晨报》副刊和《新潮》《新青年》等报纸和杂志投稿，也是从这个时候开始的。她在写小说的同时也写诗歌，且是《小说月报》中最早的为数很少的女作家之一。如《超人》《寂寞》等短篇小说，也都是在那个时期发表的。

1923年，冰心前往美国留学，三年后回国。1929年与吴文藻结婚后，在母校燕京大学讲授英国文学。冰心一方面从事社会活动，另一方面也像普通女性那样，作为一个妻子、一个母亲，一直过着平稳、充实的家庭生活。在美国留学前后，冰心开始陆续发表标题为"寄小读者"的二十九封通讯散文。她的这些作品与其他作品相比，似乎更能表露冰心"爱"的思想内核。她品德高尚，性情开朗、温和，如果说还有什么缺陷的话，那就是飘荡在她作品之中的安闲的气息。她的笔名虽然叫作"冰心"，但实际上，她的为人可以说完全与笔名的字面意思相反。只要提起冰心，人们总会想起在暖洋洋的橘红色灯光下，慢条斯理地给孩子们讲故事的母亲的形象。硬要说美中不足的话，我们在冰心的作品中只能看到美好的东西，那些社会的阴暗面被她刻意回避了。这或许是养育她成人的家庭始终处于顺境的缘故，也或许是成年后婚姻生活的美满给予她的幸福感所致。当然，她在贝满女子教会学校基督教义的熏陶下送走的那些多梦的少女岁月，对她成长的影响也不能不说是举足轻重的。

若是论及与冰心女士相反类型的人物的话，那就要数白薇女士了。她坎坷的经历与冰心毫无相同之处。虽然在"多愁善感"的驱使下，她们都有一种强烈要求呼吸新鲜空气的憧憬，可她们之间所存在的巨大差异着实令人感到惊讶。近二十年来，既有许多模仿冰心的生活方式，拥有幸福家庭的女性，也有不少步白薇后尘，饱经风口浪尖冲击的女性。所以，我们可以将白薇作为一类有代表性的女作家来看待。

白薇女士出生于湘南的资兴县。她家门口是一大片枣树林。穿过枣树林，是一条叫作"秀水"的水流清冽的河流。这条河虽然不怎么宽，但由于它是连接湘南与粤北交通的重要水上通道，所以，船帆云集，川流不息。据说，在白薇童年的记忆里，最感亲切的，就是那些船夫的歌声了。据说，她的祖父是一个清朝的武官，祖母赵氏则是太平天国府里的宫女。祖母是在白薇十岁时辞世的，她的生活非常讲究，是一位十分典雅的老太太，居家穿着也都是带刺绣的服饰，还镶嵌着绿色的底襟。

她的父亲黄晦在光绪末年赴日本留学，辛亥革命时充当军队的医官，颇有一些投机的心理。他也曾经投资矿山生意，结果一败涂地。之后，他家的生活状况便每况愈下，只得在乡村做个医生勉强度日。当时，参与矿山投资的不仅仅是白薇的父亲，他的亲戚们也都抱着热切的希望参与了进来。在投资失败这件事情上，白薇的父亲要负很大责任，所以，白薇家的经济负担就更重了。她家兄弟姐妹共七人，白薇是长女。她从幼年起就总是生病，但家里的活，比如全家人穿的布鞋，用的绣花手帕、窗帘等，全都得由她来操持。这些女红都是母亲教给她的，她的母亲是位健康而聪明的妇人。虽然家境如此，但双亲对白薇的教育还是费尽了心血。她曾经说过，在高等小学读书时，最打动她心灵的，就是法国大革命时期罗兰夫人的传记。显然，作为一个女性，白薇从小就具备了投身时代激流的素养。

之后，她进入衡州第三女子师范大学学习，锋芒毕露。她剪短发，着男装，激烈地与校长对抗。至少，在梦寐以求地憧憬着新时代的女性行列里，既有类似冰心、绿漪那种小家碧玉型的女性，也有以白薇、丁玲为代表的激进型女性。当时，正值袁世凯复辟帝制，举世哗然。受到学校开除处分的白薇，又考取了长沙第一女子师范学校。在这里，她也没有循规蹈矩，很快就打算去日本留学。可是，留学申请没有得到学校当局的批准。她一意孤行，坚决要去日本。就在她从学校出走的那天，校长、教务、教员、舍监以及其他三四十人，将学校团团围住，设法阻止她离校出走。她从厕所掏粪口那狭窄的空间钻了出去，只穿一身夏天的衣服就到了日本，实在是离经叛道之举。不过，对于她来说，这样的离经叛道也是家常便饭。她在这样的情形下去的日本，可想而知其后来生活的惨状了。对于当时的生活情况，白薇曾经这样写道：

> 来到日本，我马上就成了女工。在英国家庭做佣人，从扫除、打理盆栽花木、裁缝衣服、念字，到邮递物品，样样都干。后来又做美国家庭的女佣，烧火、洗菜、洗衣服、扫除、擦鞋、收拾房间、给婴儿洗毛衫，什么活儿都做过。还当过咖啡馆的女招待。我还因为找不到职业，曾日日夜夜垂着头在街上徘徊，想看谁家馆子有雇女佣的条子没有；我还因挡不住穷迫与肚饿，曾几次失心流泪着踱到郊外的铁路，想横卧铁轨让火车辗死。

就是在这么贫困的境地中，白薇坚持在日本生活了九年，并且刻苦地学习。她先是进入东京女高师学习理科，后来又改读历史、心理学专业。回国后，1929 年任教于中山大学，后来又陆续在许多学校工作过。由于文采出众，渐渐地在文坛名声大振。从她的作品我们可以了解她的人品，她在追求唯美主义的同时，彻头彻尾充满着强烈的反抗精神。给人以瘦削、病态印象的她，不得不尝尽人世间所有苦难的她，即使回国后因出任教职而在文坛功成名就，个人生活却并不幸福，始终沉溺于灰暗之中。

属于冰心女士阵营的女性代表还有绿漪，属于白薇阵营的女性代表还有丁玲，而介于两者之间的那种类型，我想则应该是庐隐吧。总之，从她们首开先河走过的这二十年历程看，就其绝对价值而言，可能不会得到过高的评价，但从现代中国女性的精神史来考察，是十分值得关注的史实。在那些融入家庭、甘为人妻的女子身上，能够看到当年冰心的笑颜；而在那些落魄的不幸女人身上，可以找到当年白薇的影子。

我颇有兴趣地注视着她们：在同样进步向上，同样渴望呼吸新鲜空气的众多女性中，居然出现了冰心与白薇这样两种不同类型的人。

# 丁玲

沈从文曾经在《记丁玲》中对三十年前的丁玲做过如此评价，说她是位有着圆圆脸庞、长长睫毛的姑娘。沈先生在这里描绘的，是与《太阳照在桑干河上》的作者丁玲在古都北京相聚时她的年轻相貌。诚然，圆圆的脸和长长的睫毛或许还依稀可辨，只是眼与眼之间的距离变得宽了些，但脸上的表情并没有太大的变化。这个翻天覆地的世界，就如同中世纪急驶的马车，周围一切都快速地发生着变化。而她自身的命运亦如行驶在颠簸崎岖道路上的马车一样不由自主。当然，她是一个信仰坚定的人，总是凝视着东方，期待明天即将升起的太阳，没有丝毫的动摇与彷徨。因而，她的表情从来没有发生过变化，无论是过去还是现在，永远都是那么的美丽。当然，我并不认为她是个美女。沈从文一再将她写成美女的模样，可我怎么看都觉得她与人们公认的美女有所差别。不过，她那厚厚的嘴唇、挺拔的鼻梁、会说话的大眼睛，还有她那热情洋溢的性情和爽朗的个性，便使得人们不会再苛求她的脸蛋是否完美了。

细数起来，在现代的中国，三十年如一日坚持创作的作家似乎并不多。当然，我并不是武断地说写作时间长的作家就一定是优秀作家。可她在漫长的岁月里，写出了诸多有影响力的作品，这在当今中国来说，就不得不引起人们极大的关注了。也就是说，处于政治变革旋涡之中的中国，文学的变革自然也就显得十分剧烈。丁玲的文学作品呈现出的倾向性，至少意味着她是一个植根于中国社会的不断成长的文学家。要是把她在 1928 年发表的《莎菲女士的日记》《阿毛姑娘》《梦珂》等作品，同 1933 年发表的《水》《母亲》，以及二战后发表的《太阳照在桑干河上》所带来的社会影响进行比较的话，虽说或多或少存在着一些差异，但就她的作品所记载的社会前进的足迹而言，都留下了十分深刻的时代印记。

1904 年，丁玲出生于湖南的安福县。丁玲是笔名，她的原名叫蒋冰之。在安福县，蒋姓居多，蒋姓中的大户人家又占多数，丁玲出生的家庭就属于名门大户。在她没有写完的长篇小说《母亲》中，虽然没有点安福县的名，但可以推断，这是她在追忆童年的生活。小说所描写的乡土风情以及人物，大都是以蒋家，以及她母亲余家为原型的。从她作品所描写的风物中，我们可以想象出安福县一带温婉的田园风光。春天来临之际，田野上盛开的紫云英花连成一片，令人耳目一新。白云飘浮在蓝天之上，倒影在水中慢慢地移动，红嘴的白鹅则安然停浮在绿水之上。秋天，橘子地里果实累累，竹林里铺满了枯黄的竹叶，鸡群忙着在湿地上寻找虫子。如果《母亲》中的曼贞是以丁玲的母亲余氏为原型的话，那么，文中的小菡就一定是丁玲自己童年时的模样了。她跟外婆一起给狗给猪喂食，给鸡给鸭撒谷物，看着家里的佣人推着碾子磨山芋粉，磨豆子做豆腐，还饶有兴致地在谷仓里堵老鼠洞……每天都过得很开心。家里偶尔有病人的时候，那个只会给病人吃鸦片的郎中就来了。这个郎中总是喜欢给蒋家年幼的女孩们讲《聊斋志异》的故事，还教她们背诵一些短小的诗歌。有时在家住下后，晚上还与孩子们一起诵读《阅微草堂笔记》[①]，用以打发夜晚漫长的空闲时间……如此安静的生活，随着丁玲父亲的去世，发生了根本性的改变，她和家人也从安福县搬到了母亲的娘家常德。

丁玲的父亲是日本留学生，可回国后没事可做，还是吃闲饭。要说他还有什么喜好的话，那就是赛马了。丁玲摊上的，就是这样一个父亲。虽说他的去世对家里的生活影响并不太大，可丁玲的母亲余氏还是断然决定把家搬到常德去，一来是想借这个机会紧缩经济方面的开销，二来是考虑子女将来的教育问题。根据小说《母亲》的记叙，余氏的弟弟是开办新式学校的。可是，若按照沈从文的说法，丁玲的母亲余氏本人就在常德城里开办了女子学校，在城外开办了男子小学。丁玲弟弟的死，对余氏的身心是一次沉重的打击。这是移居常德之后，蒋家所发生的最大不幸。丁玲开始懂事的时候，辛亥革命取得了成功，旧有的政治生态被摧毁，这股清新的空气也吹进了湖南这座宁静的山城。遗憾的是，小说《母亲》写到这里就搁笔了。革命会给蒋家乃至余家这样的旧式大家族带来什么样的影响？丁玲没有能够写完。不过，我们还是可以从中看到革命前夜的

---

[①] 《阅微草堂笔记》：原名《阅微笔记》，是清朝翰林院庶吉士出身的纪昀于乾隆五十四年（1789）至嘉庆三年（1798）间以笔记形式所编写成的文言短篇志怪小说。

风暴和孕育新希望的曙光，可以看到女性的觉醒犹如锐利的匕首闪耀着光芒。小说也写到，母亲余氏常常用通俗易懂的语言将罗兰夫人、革命家向警予的事迹说给丁玲听。丁玲瞪着充满好奇心的大眼睛，一定比听安福县的郎中讲聊斋的故事还要感兴趣吧。

丁玲的小学时代尽管是在这样一个闭塞的山城度过的，她受到的却是私立学校那种自由、轻松、愉快的教育。等到中学时，她去了桃源县城，读的是省立第二女子师范学校。这样一来，她就不得不独自一人离开家乡。桃源县城距离常德大约有十五六里的路程。

1919年的五四运动虽然是北京发起的，但很快就遍及全国。长沙也是热情极为高涨的地区，这也直接影响到了桃源。在这里学习的女学生们奔走相告，狂热地呼吁个性的解放和自由。丁玲也从第二女子师范学校转学到了长沙的岳云中学。究其原因，大概是由于男女共校有着极大的吸引力，抑或是长沙处于五四运动的中心吧。

前往长沙的女学生，除了丁玲之外，还有王小姐、李小姐、杨小姐等三人。可是，长沙的中学也并没有她们想象的那么好。于是，她们又乘轮船去了上海。在这期间，李小姐病故了，杨小姐回了家乡，只有王小姐一人与她做伴。上海也不能满足她们的愿望，接着便又流落到了南京。王小姐是富裕的油商家庭的千金小姐，丁玲也出身于地方上的名门，这样的漂泊流离对于她们来说，原是一件难以想象的事情。然而，由于当时狂热地追求自由与解放，便做出了如此轻率的举动。最后，这两位年轻姑娘到了身无分文的境地，甚至都打算去做刺绣女工了。她们一事无成，便又返回了上海。如此折腾了一年时间，原本就体弱的王小姐不幸英年早逝。丁玲从乡下的母亲那里得到了一些资助，去了北京。其间的细节，在沈从文的文章中有详细的记叙。根据他的叙述，丁玲当时已是十八岁左右的姑娘了。丁玲到了北京之后，住在位于西城区辟才胡同的补习学校宿舍。现在的"辟才胡同"就是过去的"劈柴胡同"，距离西单不远。同一个宿舍的还有漂亮的曹女士和质朴的钱女士。所谓补习学校，就如同日本的预备学校，那些想读北大、师大的年轻人先得进这所学校读预科。丁玲在这里还学习过绘画课程。她选择这所补习学校时，似乎并没有明确的目标，当时丁玲也可能产生过专攻绘画的念头吧。

在北京，丁玲结识了胡也频。胡也频曾是大沽口海军学校机器制造专业的学生。当时他同宿舍一个姓左的同学，把胡介绍给了丁玲。一开始，丁玲并没有考虑要把胡作为自己的伴侣。这位左姓青年肤色白净、身材高挑、仪表堂堂，很快就与美貌的曹女士相恋了。而钱女士则把进入师范大学学习作为自己奋斗的目标，每日苦读不辍。沈从文与丁玲的相识，也恰巧是在这个时期。他们都是湖南人，同乡间的信任使得他们一见如故。要是把她同胡也频与沈从文的关系作比较的话，与沈是乡亲之间的信任关系，与胡是恋人之间的爱恋关系。事实上，丁玲与胡也频之间很快就萌生出了爱情的新芽，但二人在相互爱慕的同时，又在相互试探。有一个时期，丁玲显得很忧郁，有时不分清晨还是夜晚，总是独自徘徊在陶然亭的柳荫下，或是西直门外的旷野里。有人询问缘由时，丁玲便解释说是在思念去世的弟弟，想念远在家乡的母亲。其实，这个解释是很牵强的。因为在这期间，丁玲突然离开北京回了趟常德老家，但很快又回来了。而那时，她与胡也频的爱情已经有了实质性的进展。从她当时抑郁的状况看，既非是因为弟弟死亡，亦非思念母亲。要是让我说的话，那只不过是在与胡也频恋爱过程中的一种故作姿态。胡也频在获悉丁玲回老家之后，也连忙离开北京，追随她去了常德。也正是由于这次"回乡"与"追踪"，才使得这两个年轻人完全结合在了一起。由此不难推断，丁玲的抑郁也好、回乡也好，其实与她自身精神状态并无关系，只是为了捕获胡也频的爱情而做出的一种姿态。等再度回到北京，在西郊香山同居的两位年轻人的关系比以前更加密切，沉入爱河不能自拔。

香山是西山山脉的一个分支，山里盖了许多小木屋，是北京有名的别墅区之一。同时，也是北京地区少见的观赏红叶的风景名胜地。北京的秋天，基本每天都是艳阳高照，不像日本，一天到晚都是绵绵的秋雨。然而，临近秋末，一场秋雨过后，树叶在突然降临的霜冻的严逼之下悄然凋零。只有在东郊的佛手公子庙和香山，人们还能看到霜染的红叶。胡也频与丁玲二人定居香山是在秋天，他们怀着浓烈的情趣，同游共赏秋日山林的美丽风光，陶醉在朝霞与夕阳辉映下的山间红叶的美景之中。

想要了解他们在山中的生活，就让我们来看一看他们案头的书籍吧。除了郑板桥、倪云林的诗集，《花间集》和《玉台新咏》之外，还有英译本《茶花女》、莫泊桑的《我们的心》、屠格涅夫的《父与子》以及少量社会革命等方面的书籍。生活费用是靠湖南乡下的母亲资助的，但还是不能满足他们全部的物质需求，不足的部分就只能靠典当衣物来补贴。生活虽然艰辛，可他们丝毫没有感觉到苦，而且在这样困乏的生活之中，他们的爱情得到了升华，获得了思考与观察人生的机会。也就是说，他们对自己当时的生活状态赋予了某种崇高的理性的思考。在他们看来，能够视生活的困厄为等闲，是对意志品德的考验；能够面对困厄波澜不惊，是对恬淡生活态度的一种选择。因而，他们虽然对人生作了种种思考，却并没有马上采取措施去改变它。这与他们任性的思考方式、独善其身的行为举止是分不开的。似乎越是与人们正常的生活常识相悖，就愈能显出自己生活的情趣，愈能体味生存的意义。他们二人相偕而行，足迹遍及卧佛寺、玉泉山、青龙桥、圆明园废墟等西山的沟沟岭岭。他们经济上的拮据，倒仿佛更增添了生活的乐趣。

随着丁玲对文学日益向往，以及以文学为生的欲望不断攀升，胡也频几乎与朋友们断绝了往来，如同一个隐居者，处于即将被世人淡忘的境地。虽然他们二人都知道，这样下去肯定不行，却无法轻易丢开爱的缠绵。进退维谷之际，丁玲决意与闲适快乐的生活告别，想去做电影演员以结束贫困的窘境。她特意跑了一趟上海，为自己即将踏上的演艺生涯做准备。可当她了解到拍摄电影的真相后，当电影演员的热情便迅速冷却，并且毫不犹豫地放弃了这个计划。在小说《梦珂》的末尾，对圆月剧场的描写，就是她当年生活体验的真实写照。她或许并没有像小说主人公梦珂那样，出门上车时"哇"的一声号啕大哭，但对于自己一心一意想实现的演员计划的流产，心中一定也是十分沮丧的。

对于胡也频文学方面的才能，丁玲给予过多大程度的关注？这个问题现在依然存疑。如果要说胡也频哪些地方吸引着丁玲使她动心的话，应该说主要是他诚实、无欺的敦厚性格和表面沉静、内心炽热的单纯的热情吧。

他们搬出香山，住进东城北河沿公寓。这对于胡也频和丁玲来说，都不是一件坏事。这是一个转机，使得他们二人的文学之路走上了正轨。虽说贫困依然没有改变，但香山生活中的月光、鸟鸣，还有在青石板上诵读郑板桥诗词的闲适、甜蜜也随之烟消云散。

这座公寓——汉花园公寓的主人，对于当时寄居在这里的众多文学青年而言，是一个难以忘怀的人物。他不像普通的公寓老板，对于文学的敬重，使他具备了有别于其他市侩商人的儒雅素质。李白、杜甫、拜伦、雪莱等著名诗人的名字他谙熟于心，他为自己的公寓里汇聚了众多的文学青年而自豪。所以，当房客中有人在杂志或是报纸上发表了作品，他都会像自己的喜事一样欣喜不已。像他这样的单纯容纳租客的公寓老板，由于对文学极端尊敬，做生意的念头便愈见淡薄。这对于聚集在这里的众多文学青年来说，无疑是十分幸运的。

汉花园公寓是一栋南北方向的长条形楼房，分为前后两个部分，各自都有院子。楼上楼下的房间都朝向院子，东西南北都是客房，迎着朝阳的房间与受到夕晒的房间数量相当。胡也频与丁玲租居的是汉花园公寓楼上的10号房间。我曾经参观过丁玲的10号故居，那是一间朝西的简陋的中式房间，夏季夕阳高悬的时候应该是很热的。面积大约有八张榻榻米草席大小。房间有两个窗户，窗外是一条较宽的沟渠，隔着沟渠能够清楚地看到北京大学的红墙。

丁玲等人在汉花园公寓的贫困生活，胡也频在他的小品文《北风里》里曾经做过详细的描述。在北京的严冬时节，他们连用来生火取暖的煤炭都买不起。当时，煤炭的价格是每百斤90钱，要是买25斤的话，就得付20钱10个铜板，可他们就连这么点钱都拿不出来。寒冷难当，胡也频的目光在房间里四处搜寻着值钱的东西。他有一只丁玲送的枕头，买的时候花了八块钱。他想，要是拿到当铺去的话，说不定也就能当到一块钱吧，可胡也频实在有些不忍心。再看墙上，挂着一个镶嵌着雪莱肖像的镜框。这幅肖像是花四块钱买的，镜框是两块钱。胡也频想，再怎么也能卖个三块钱吧！于是，就鼓起勇气去了东安门外的旧货店。旧货店的老掌柜看了看雪莱的肖像，问道：

"这相片是外国的窑子吗？"

"不是！"胡也频回敬道。

"是戏子吗？"

"不是！"

老掌柜又问道：

"那么，是总统的太太吗？"

看来，东安门外旧货店的老掌柜是与雪莱无缘了。但有缘与否并不重要，要命的是现在急需三块钱啊。但是，旧货店的老掌柜是决计不肯给这个价钱的，他就只好沮丧地抱着那个镜框回了家。

"纸窗上虽是不断的沙沙沙的响，但是房子里，依然是荒野一般的寒冷的寂寞。"胡也频是以这样的描述结束他《北风里》一文的。

他们搬来汉花园公寓之前，曾经在银闸、孟家大院、中老胡同等几处地方短暂住过。有关当时的生活状况，丁玲在她的《莎菲女士的日记》中有过详尽的描述。银闸、孟家大院、中老胡同都是相邻的狭小地带，与汉花园公寓的距离很近，仿佛就在眉眼之间，与北京大学的距离当然也是很近的。管理这家汉花园公寓的，是他们的朋友刘梦苇。《莎菲女士的日记》中的主人公莎菲女士，当然是以丁玲自身为原型的，而"苇弟"大概就有刘梦苇的影子吧。尽管《莎菲女士的日记》这部作品，是被当作"摩登女郎小说"来宣传的，然而，它是一部宣扬虚无主义并以其愤世嫉俗而受到读者喜爱的阴郁病态的奇妙作品。当时的丁玲，可能带有莎菲那种性虐待狂的倾向，在她的内心深处，闪烁着令人毛骨悚然的邪恶之光。在汉花园公寓的那段日子是她开启创作的时期，是她在文学上声名鹊起的时期。收入她作品集《在黑暗中》的诸多文章，或多或少都带有莎菲性虐待狂的倾向。

当时，发表她众多作品的是《小说月报》。可《小说月报》所支付的稿酬，并不能满足他们二人的生活需要，否则，他们就可能起意去日本留学了。由于政治和革命中心南移的缘故，主要杂志和文化机构也大都离开北京，迁往上海。所以，他们也不得不离开五四运动的文化中心，向上海方面寻求出路。

迁移到上海之后，他们马上开始学习日语，好像产生了前往日本留学的想法。不巧的是，教授他们日语的是位女教师，导致胡也频与丁玲之间产生了纠纷，他们仅仅学习了一周日语，便告结束。

要是当初他们之间没有产生纠纷，二人的日语学习有了成就的话，留学日本也就有可能实现。那么，他们后半生的人生道路就可能会发生变化，至少胡也频也不至于会被处以极刑而死于非命。当然，这样的假设只是没有根据的猜测。但我以为丁玲夫妇的婚姻如果是稳定的，那么从各方面来衡量，他们后来的生活无论是动荡还是宁静，对于今日中国所做出的贡献应该会是不一样的。

在那之后，他们夫妇在西湖的葛岭租了一处住房，休养了大约三个月。回到上海后，在永裕里 13 号的三楼住了下来。他们二人都是作家，只好在繁忙大都市的一角孜孜不倦地笔耕，在经济上实在说不上宽裕。他们怎么也没想到，曾经在北京香山所过的隐居者般悠闲而放任的生活，在上海是再也不可能重温了。

就在这样的生活无奈地延续下去的时候，《中央日报》总编彭浩徐为胡也频谋得了该报副刊编辑的职位，每月可领得薪水二百元。因此，丁玲夫妇在与沈从文商量之后，创办了杂志《红黑》。杂志社的地址起先定在萨坡赛路 196 号，后来迁到该路 204 号。他们刊发《红黑》《红黑月刊》并出版单行本，他们夫妇加上沈从文的生活便陡然忙碌了起来。可是，在镇压无产阶级文学的严酷现实面前，杂志的经营并没有取得预想的成效，加之书店结算方面的问题，导致经济上入不敷出。

丁玲的文风自 1930 年左右开始发生了巨大的变化。也就是说，这个时期的作品与我们前面说到的收录在《在黑暗中》《自杀日记》《一个女人》三部小说集的前期作品相比较，有着很大的差别。读她前期的作品，读者能够感觉到虚无主义的幽灵在徘徊，那些苍白扭曲的面孔如同倒映在水中的惨白的月亮一样，能觉察出她的阴郁情绪。而 1930 年 10 月出版的长篇小说《韦护》，以及之后的《某人的诞生》《1930 年春的上海》《法网》《水》等作品，显露出十分明显的革命文学的倾向，为她后期的转变奠定了基础。在这里，必须交代一下胡也频被处死刑与引起社会极大反响的丁玲失踪两个事件。

丁玲夫妇迁居万宜坊后生了一个男孩，取名韦护。这期间，胡也频作为共产党人，地下活动十分繁忙。有关他从事的这些秘密的地下活动，沈从文在文章中总是避而不谈。可胡也频身边的暗探却越来越多，他有时外出都必须易容换装。胡也频还致力于组织成立作家协会。因为当时遇到的一个严峻问题是，各家出版社出版左翼作家的作品越来越困难，导致了左翼作家们经济上的窘迫。为了突破这个禁锢，胡也频和叶圣陶、陈望道、章锡琛等人都深感成立作家协会十分必要。他们成立这个协会，最主要的目的当然是为了对抗商业出版团体，但其中也潜藏着各种势力的明争暗斗，进展非常艰难。

胡也频被捕后，打探他的去向、动用一切手段试图营救的是沈从文，但这些努力最终还是付诸东流了。胡也频在狱中经常通过一个人给沈从文传递消息。仅是给这个人的酬劳，对于沈从文来说就是很重的负担。丁玲也试图请沈从文陪同前往龙华监狱探望胡也频，但私人会见最终没有被批准，只是在一个很小的铁门的缝隙里，看了一眼戴着镣铐、一闪而过的胡也频的身影。

"是他，是他！精神不错，怎么看都像头豹子啊！"

"是的，就是他。看到背影我就知道是他了。我真的看见他在那里了。"

丁玲与沈从文就这样交谈着，走出了龙华监狱。当天夜里，上海下了一场大雪。

丁玲带着儿子韦护，不知如何生活。与沈从文商量后，还是决定把孩子送回常德母亲的身边抚养。不过，对于胡也频死于非命这件事，她没有忍心告诉老母亲，只说他正在苏联。相隔多年回到故乡，在丁玲的眼里，湖南的风光一点也没有变化。古老的船只停靠在岸边，竹筏木筏漂浮在水面。在这个古老的沉睡般的宅子里，年迈的余氏静静地度着余生。丁玲回忆往昔的岁月，仿佛又回到了少女时代。她在这里盘桓数日，便又回到了上海。就这样，余氏照看初次见面的孙儿，重复着她年复一年的乡间生活。

其实，胡也频刚死不久，丁玲就开始单独筹划《北斗》杂志的创刊事宜了。最初的计划是打算联合以冰心为首的众多女作家，自己担任主笔。可《北斗》发刊后，并没能贯彻这个初衷。一方面是由于最初计划中的冰心等女作家大多居住在北方，征集稿件很困难。另一方面，《北斗》也是被镇压的对象，经营上困难重重。她虽然进行了顽强的抗争，但最终还是无济于事，被迫停刊。她的著名的"新的小说"《水》在《北斗》的第二、三期上连载后，社会的关注点聚焦到了丁玲本人身上，她的创作活动由此进入了丰产期，《夜会》《母亲》《奔》等作品相继发表。其中，《母亲》是一部长篇小说，可由于丁玲突然失踪，它也无疾而终。《母亲》是以丁玲的母亲余氏为原型的一部小说作品，从某种意义上讲，也可以看作是她的自传体小说。小说中对人际关系复杂的大家族的描写，几乎可以与《红楼梦》相媲美。作品中的三少奶奶，很容易让人联想起《红楼梦》里的王熙凤。随着故事的发展，逐渐进入了一个读者十分感兴趣的主题，那就是辛亥革命的新思想开始渗透和影响这个古老的大家族。但小说并没有像《红楼梦》那样描写大家族在命运的操纵下分崩离析的过程，这种命运感差不多在作品的前半部分就打住了。或许是她故意留给读者的一种有趣的对比吧。这样一来，读者就难以明了作者真实的构思，很是遗憾。《母亲》虽是一部没有完成的作品，但我认为，它的文学价值是高于《水》的。

再说丁玲的失踪事件。那是1933年5月14日，丁玲与中共江苏省委的潘梓年一起，在昆山路7号俄国妇女经营的公寓突然失踪。警方发布声明说，那天在昆山路7号公寓确实有人被捕，但绝对没有丁玲。他们还说潘梓年是在闸北被捕的。《大美晚报》和其他一些报纸也纷纷刊载文章，证实潘梓年被捕的消息。一时间传言纷纷，舆论混乱到了极点。这一年的 5 月至 6 月间，社会上各种猜测不断，但丁玲失踪却是事实。张惟夫收集了丁玲失踪事件的所有新闻报道，于 7 月 22 日编辑出版了一本名为《关于丁玲女士》的书籍。

且不管警方是怎样发表声明，丁玲确实是被捕了，而且还风传丁玲也像胡也频一样被秘密处决了，人们都信以为真。以至于后来当丁玲再次出现在人们面前的时候，引起了一片哗然。随着她悄然进入解放区，抗日战争爆发，日本战败，中共政权建立等一个个阶段的推进，丁玲的名声越来越响亮了。

1941 年，她在《中国文化》上发表了《我在霞村的时候》，反映了抗战的实况。1946 年至 1947 年，她参加了华北怀来地区的土改工作队，在涿鹿、行唐地区工作并开展社会调查，亲眼看见了桑干河附近土地防卫队的工作情况，于 1956 年出版鸿篇巨制《太阳照在桑干河上》。此时，丁玲脑海中想的是要把农村工作与文学创作结合起来。

我们回顾丁玲走过的历程，确实很有意思：她的后期作品，把初期作品中虚无主义的扭曲表情，以及中期作品中革命与恋爱的主题彻底抛弃，以一个女丈夫的豪迈气概，巍然屹立在她所热爱的天空与大地之间。

# 梅兰芳与京剧

梅兰芳在京剧《天女散花》《黛玉葬花》等剧目中扮演的人物形象，自小就给我留下了特别深刻的印象，至今记忆犹新。后来，我去北京留学，来到他所在的地方，他却离开了北京，去了华中等地。我一直期待看他的演出，却始终不能如愿，由此心存遗憾。不料，就在昭和十二年（1937）的初春时节，他阔别归来，在前门外的开明剧场连续公演。这令我欣喜若狂，几乎成了每天都往那儿跑的忠实观众。在他公演的剧目中，我印象最深的要数他的拿手好戏《西施》和《霸王别姬》两本。夜里演出散场的时间都在 12 点以后。我顾不得隆冬深夜的寒冷，拖着快被冻僵的身子，坐着洋车从很远的地方赶路回家……那样的情形，至今想起来还感到十分亲切。

梅兰芳在抗日战争期间几乎与世隔绝了，逐渐淡出人们的视野，不再看得到他的演出。据说，他还蓄须明志，留起了演员本不该留的胡子。他这种超凡脱俗的做法，完全出于民族立场的义愤。

梅兰芳祖籍江苏，在北京长大。他是清末著名旦角梅巧玲的孙子。他的父亲是梅巧玲[1]的第二个儿子，名字叫二琐，原本也是有望成为旦角演员的，可惜英年早逝。可见，梅兰芳出身于世代相传的演员世家，自从他出生的那天起，命运就决定了他必须走演戏这条路。

他十岁时成了朱霞芬的弟子。正式搭班"喜连成"科班[2]之后，更名梅兰芳，班主叶春善收其为徒。所谓"科班"，就是少年演员的培训所，训练十分严格。一般情况下，上午都在驻地刻苦练习，下午则必须赶往市里的剧场演出。

对于"喜连成"科班的情况，我并不知晓。富连成科班是这个世上的最后一个科班，我前往拜访过，也经常看他们的演出，所以，对他们的练习情况可谓知根知底。

梅兰芳后来跟着旦角名伶陈德霖学戏，取得了很大的成功。陈德霖过世已经很多年了，他的儿子陈少霖没有子承父业，而是演的老生，是如今北京京剧界颇负盛名的人物。

梅兰芳的戏受到人们狂热的追捧，被称为"梅派"京剧。这是因为相比传统的京剧而言，"梅派"独树了自己许多的创意。这与以他为核心的，由诸如齐如山、胡伯平等演员组成的团队孜孜不倦的工作是分不开的。梅兰芳的戏路宽广，演艺风格独树一帜。他既能

---

[1] 梅巧玲（1842—1882）：清朝同治、光绪时期技艺非凡、声名赫赫的京剧表演艺术家，是徽班进京后由演唱徽调、昆腔衍变为京剧的十三位奠基人之一。四代京剧梨园世家的创始人，梅兰芳的祖父。

[2] "喜连成"科班：1904年2月，京剧科班"喜连成"成立。它是北京城内最大的京剧科班，有一套严格的《梨园规约》，为学艺者必须遵守。

扮演自己本行青衣中的贞淑型、节妇型、深闺令媛型的角色，偶尔还能客串花旦里的泼妇型、疯丫头型，以及毒妇型的角色。尤其是他在已经衰落了的昆曲研究方面也有很深的造诣，在这方面也可以说是领军人物吧。昆曲是流行于长江南北的一个古典剧种，就相当于现在日本的"蔺八节"①之类的艺术形式。由于昆剧过于古雅，即使在北京，现在也没有机会看到专场的演出了。

新中国成立以来，弘扬民族艺术作为一项国策被大力推行，因此，梅兰芳的身边又突然变得热闹了起来。他作为中央戏曲研究院的院长，在致力于中国戏剧戏曲发展的同时，还被选为人大代表、中国戏剧家协会副主席，享受着良好的待遇。1961 年，梅兰芳去世。梅兰芳早早的离世确是令人惋惜的，但联想起"文化大革命"中可能会遭遇的困难，也可以说他是逃过一劫。

---

① "蔺八节"：日本净琉璃的流派之一。享保年间（1716—1736）由宫古路蔺八在京都首创的剧种。

# 陆素娟小记

　　与友人安季如君闲聊时，居然发现他是陆素娟女士的房东。我住在孟公府，安君则住在南池子，两处距离之近，就如同眼睛与鼻子的距离一般，因而时常往来交游。可是，做梦也没有想到的是，就在紧挨着的旁边的宅子里，红极一时的国剧名伶正在静悄悄地送走一个又一个日夜。

　　在安君及夫人的再三催促下，我约定了去拜访陆女士的时间，恰巧是去年十月份的一个星期天。消息一经传出，许多人都希望一睹陆女士的风采。考虑到人多不便，最后确定的拜访人员是：介绍人安君、陆女士孩子阿耳的医生 Y 博士、庆应义塾大学的特约人员 N 君，还有我，共四人。我们一行打开安宅院内通往西苑的边门，鱼贯进入陆府。安君的宅第是紧邻普渡寺的一栋占地宽广的房子，可能是太宽敞的缘故，他便将西苑这边的房子出租了，就成了现在陆女士的住所。不过，按照日本流行的做法，在这里设了个"里木户"①，以便与大院相通连。

进门之后，是一条长长的石板路。向左一拐，便是一处宽敞的院落。院子里种满了盆栽的菊花，黄、白、紫、红，各色花朵硕大丰满，在午后阳光的映照下，散发着淡淡的清香。我们穿过鲜花争艳的院子，在童仆的引导下，走进了正面的客厅。

客厅很宽敞，是将三间房子打通后建成的。客厅的中央摆放着长椅、座椅，还有小桌子等家具，可谓一应俱全。空阔的地面上，铺着·小块一小块色彩斑斓的地毯。客人坐在椅子上，目光自然就投向了眼前墙边的一排书架，陈列着砚谱、印谱以及《十三经注疏》《聊斋志异》《花月痕》等书籍。客人们无须靠近，举目瞅一眼，就能看清楚书脊上的字。安君像是很清楚底细，悄悄告诉我：书架上除了小说外，其他书籍都是装饰品。

另外一面墙上悬挂着数十幅镶着镜框的照片，大多是大师梅兰芳以及其他名伶的舞台照，当然，更多的还是陆女士自己的演出照。就在我们很稀罕地一张张观赏之时，东侧的帷幔拉开了，一身黑装的陆女士走了出来。

她大约二十六七岁的样子，个头看上去要比舞台上高一些。素面朝天的她，比起舞台上浓妆艳抹的扮相来，又洋溢着一种别样的生机，更增添了一番可爱动人的妩媚。

陆女士对于我们这些并无什么像样来头、大半是为好奇心所驱使的访客，并没有流露出丝毫冷落的神情。落座之后，各种见闻，侃侃而谈。她的嗓音是特别动听的女低音。以前我们看她的戏，听

---

① "里木户"：即指通往西苑的栅门。

惯了她舞台上唱青衣的"假声"，也就是中国戏剧中所说的"窄嗓子"，她的"真声"对我们来说，无疑又是一件新鲜事。此外，她还不停地招待我们吃白梨和糖果糕点，喝热腾腾的香片茶水，抽烟。

当然，谈论最多的话题还要数戏剧。我告诉她：我最喜欢中国戏剧的唱腔，尤其喜欢老生与青衣的对唱，例如《四郎探母》中杨四郎与铁镜公主对唱的那段西皮快板。我每当听到这段唱腔，都会情不自禁地屏气凝神，心情特别愉悦。陆女士听完我的话，微笑道：是吗？

我们也谈到了昆曲。陆女士说《牡丹亭还魂记》中的《游园惊梦》是个很不错的段子，还表示什么时候要给大家唱一唱。于是，在我的心里，就开始了梦幻般的憧憬：在美词丽曲与舒缓笛声的交融之中，陆素娟扮演的杜丽娘那不胜春愁的恹恹神情，想必一定令人如痴如醉。

陆女士即便在没有演出的时候，每天上午也都要练唱，可以说，她的日程安排相当紧张。幸运的是，我们听她说今天没什么事，便利用这个机会一直谈说到傍晚时分。就在我们准备告辞时，陆女士突然提出明天招待我们一行去光陆大剧院看演出，剧目是《宇宙锋》[①]。

第二天，我们的队伍在原来的基础上，又增加了 Y 博士的夫人和安君的夫人，一行六人前往光陆大剧院。这是一所电影院，有时也用于演戏。由于演出中国剧不需要太大的场子，所以这里正好合

---

① 《宇宙锋》：中国戏曲的传统剧目。梅兰芳（京剧）、陈素真（豫剧）、陈伯华（汉剧）三位大师的《宇宙锋》并称为"宇宙三锋"。

适。虽然《宇宙锋》是梅兰芳的拿手戏，遗憾的是并不怎么好看。不过，因为昨天刚刚拜访过陆女士，我们多少带着点外行人看热闹的兴趣，看完了全剧。

陆女士是梅兰芳剧团中占有一席之地的"腕儿"，与演出团队力量薄弱的荀慧生等相比，可以说是十分幸运了。尤其是与之搭班的老生贯大元，恰恰与马连良精巧华美的艺术风格截然不同，演技质朴而古雅。还有丑角萧长华，也是名闻遐迩、享誉京城的梨园名角儿。陆素娟如众星捧月一般得到诸多名伶大腕的援手。

看完演出回来，当天晚上又接到了安君的电话，说是陆女士告诉他，让大伙下个礼拜天还去她家。第二个礼拜天，我们差不多还是原班人马又来到了陆女士的住所。这次她不是在原来的客厅里接待我们了，而是换到了里间——极其奢华的她的居室。

午后的斜阳透过米色的窗帘，将室内的日常用品一一典雅地呈现在我们的面前，烟灰缸、靠垫、桌上的文房四宝等都十分精巧别致。与客厅里完全中国式的陈设不同的是，她居室的装饰带有明显的西洋风格。在居室的一角，安放着一个漂亮的玻璃壁柜，里面装满了各式各样的鞋子，简直就像是鞋店里的陈列柜。仅是这样一件家具，就足以显示出女主人生活的精致与奢华的品位。

在谈了许多话题之后，我提请陆女士给我们演《女起解》，而 N 君则请她演《水漫金山寺》。

她当场就婉拒了我们的请求。实际上，她的婉拒只是一种客套而已。见此情形，我们也就收住了这个话题。然而，陆女士却一直坚守着这个约定。

我还记得，在东安市场的吉祥戏院同时上演《女起解》和《金山寺》，是当年二月的事情。《女起解》中的苏三、《金山寺》中的白蛇，她演得都很精彩。仅凭这些精彩的表演，就已经令期待中的我们欣喜万分，况且，她如此重视我们请求的诚意，就更加使我们感动不已了。

现在，陆女士远远超出同时期一些女演员，如新艳秋、吴素秋、梁韵秋等，而成为北京女伶界一道亮丽的风景。如果非得找出一位略有资格与陆女士一较高下的人的话，那恐怕就是王玉蓉了。王玉蓉能超过陆女士的，也就是唱功。若论姿容之秀丽、扮相之美艳、表演之传神，不用说，王女士就逊色多了。更何况，与去年相比，今年的陆女士，无论是唱功还是做功，都让人感到仿佛进入了一个新的境界。

此刻，陆女士北京的院子里，那茂盛的茉莉花已经开始吐露幽幽的芳香了吧？

遥遥相隔的陆女士啊，愿您与您居住的美丽的北京一样，青春长在！

# 诗人黄瀛

　　诗人黄瀛，很早就闻名于日本的诗坛了。广为人们喜爱的袖珍诗集《景星》的问世，也已经是十多年前的事了。后来，他又出版了第二本诗集《瑞枝》，诗体清丽优雅，是活跃在日本诗坛上唯一的中国青年诗人，受到人们广泛的关注。作为一个外国人，能够坚持用日语写作，绝非易事。更何况，他用日语发表文学作品，并且具备了自己独特的风格，想必是很难的事情。

　　说起具有中日双重血统的文学家，我们不妨先来看看苏曼殊，他是旅居横滨的华侨与日本女子所生的中日混血儿。在苏曼殊的短篇小说或诗歌中，确实有许多描写日本的内容，但他用来写作的语言却不是日语。而且，从苏曼殊的传记来看，他的母亲到底是不是日本人，至今还存有许多疑点。人们只不过是综合了各方面的情况，推断他的身世罢了。其中，最有力的线索要数他的小说《断鸿零雁记》，但其过于梦幻和飘渺不定的浪漫色彩，无法令人相信有什么确实的历史依据。所以，很难判定苏曼珠是否真的带有日本血统。人们只有在将他短暂的生命与过于多愁善感的风格相比较时，才会发觉苏曼珠——这位华侨与日本女子所生的悲情孩子，具有多么诱人的魅力。因此，人们宁愿相信，苏曼珠的身体里确实流淌着日本人的血液，并且祈祷人们永远不要怀疑这个事实。不过，我们这里要说的黄瀛，是一个不折不扣的中日混血的诗人。他的母亲是日本人，他创作的大多数作品使用的全是最简洁的现代日语。

黄瀛是在什么样的机缘巧合下来的日本？他与我有着什么样的关系？他回中国后又做了些什么？我想借这篇文章，作简要的叙述。

黄瀛的父亲是中国早期的留日学生，并且娶了一位日本女子。从黄瀛的闲谈中，我得知他出生在重庆。这已经是十二三年前的事情了。重庆到底是黄家的原籍，还是他父亲做官的任职地，我也记不清楚了。不过，他好像对我透露过，重庆就是他实际的家乡，这在我的脑子里倒是还留有印象的。

总之，他的出生地是重庆，这一点没有疑问。现在他三十四五岁，推算起来，应该是辛亥革命前数年出生的。至于他的母亲是不是正室夫人，我就不知道了。援引许多中国人的例子，他们娶日本女子，大多是排列在第二夫人之下的。在那样的年代，能够出洋留学的富家子弟，几乎都在家乡与门当户对的富家千金结了姻缘。来到日本之后，摆脱了那种封建婚姻的束缚，开始了自由的恋爱。渐渐地，觅得新欢，便置老家的正室夫人而不顾了。这样的情形，竟成了一时的风尚。黄瀛的母亲到底是原配还是如夫人，我也不便直接询问他本人，所以就不知情了。当然，考查这件事情本身也没有任何意义。我想，我们还是避而不谈的好。

他长期在青岛中学读书。我们从他的诗里能够看到，大海的色彩与天空的光芒，如同明快而巨大的花瓣，始终在他的诗中快乐地摇曳。可以说，这是青岛生活给予他的无与伦比的强烈印象。尤其值得一提的是，那个阶段的生活，对富于感性的少年日后的影响是不可低估的。我们细细拜读他的第一本诗集《景星》就会感觉到，那颗如同宝石般镶嵌在古老大陆一角的具有欧洲风格的都市青岛，仿佛距离我们很近很近，她散发出的气息，带着柠檬般清新的芳香，久久地萦绕在心头。

他从青岛来到东京，开始是在文化学院学习。我就是在那时与他相识的。我们在教室里相见，在校园里相遇，后来终于在我的书斋里会面了。那时，他住在阿佐谷，我住在中野。

记得他第一次来看望我，是八月中旬一个闷热的夜晚。我怎么会记得那么清楚呢？那是因为他来看望我之后，很快就寄来了一张明信片。明信片是 8 月 21 日的日戳，上面盖了四方漂亮的印章。明信片上写道：

> 前日承蒙您的接待，十分感谢。印泥不太好，盖得也不好，几方印章，请鉴赏。夜晚散步的时候，欢迎您来阿佐谷。要是能够事先得到您的通知，我会恭候您的光临。前天在您书斋看到的画，很令我赏心悦目。雨还在不停地下着。

他说，篆刻不是他自己刻的，而是从自己的藏印中挑选了几枚喜欢的，盖在明信片上作为装饰。所谓"看到的画"，是指挂在我书斋墙上的孙松的画作《牡丹花图》。

那天晚上我们到底谈了些什么，幸亏有这张明信片，才能使我想起一二。那天虽然交谈的时间很长，但是谈论的其他内容，我已经全然忘记了，所谓想起一二，指的是他是教授我华南疍歌①的第一人。当我们谈起他以《南方人的歌声》为题发表在某杂志上的渔歌一类的民谣话题时，他告诉我广东一带流行的疍歌，并就各种各样的疍歌作了说明。如今，中国也出版了疍歌相关书籍，欣赏其情趣已并非难事，但这在当时还是一个新颖的话题。他根据自己的笔记，给我介绍了许多有趣的东西，我听得颇有兴致。

那之后不久，他就转学去陆军士官学校当留学生了。他居然去当兵了，对此我不免感到有些意外。不过，跟他聊了聊，发现那对他来说并不是什么难以接受的事情。相反，我觉得，那样似乎更符合他的行为方式。他还是像以前一样来我家，也使我进一步加深了对他的了解。

他住在阿佐谷火车站的北边。往中野电信队演习场的方向步行五六分钟，在烟草店旁边向右拐，不远处就是"金汤"浴池，他就住在这个浴池的旁边。他曾经给我写过一张纸条，告诉我他住处的标识叫作"金汤的烟囱·寒宅的钢琴"。的确，如果你在那里遇见一处整天都传出钢琴声的被青翠树篱围绕着的住宅，那肯定就是黄家的住宅了。所谓"寒宅的钢琴"，原来是他那个正在专心致志学习音乐的妹妹弹奏的。那是一位有点神经质的美少女。据说，她的未婚夫是一位中国的青年军官，当时正在陆军大学留学。黄家的人口有黄瀛、他的妹妹，再就是相当于他们母亲的日本妇人，另外还有一

---

① 疍歌：又称咸水歌、白话渔歌，指生活在珠三角地区的船民所唱的民歌。

个女佣人，过着宁静富裕的生活。

黄瀛整天孜孜不倦地在士官学校学习，同时还在写诗，钻研美术。不知道他喜好文学的人，还以为他就是位充满激情的年轻军官呢。他的所作所为，仿佛是在阐释自己内心慢慢萌生的觉醒，又好像是在表明自己对未来充满的期待。也就在那个时期，我知道了他与袁世凯是亲戚关系，他妹妹则是何应钦的侄媳妇。

中国留学生在士官学校学习的时间很短，所以，他的毕业期限眼看就到了。毕业前夕，他前往各地演习，沿途给我寄来一封封充满演习旅行乐趣的短信。他在每一封信中，要不就是附上充满生机的速写图画，要不就是捎上色彩斑斓的风景图片。真没想到，他竟是一位那么爱写爱画的青年男子。

黄瀛毕业后就回国了。回国以后，他作为一名中国军官，开始了自己繁忙的军旅生涯。在他寄给我的信件里，从来不直接告诉我自己军务繁忙，只是讲自己这段时间是多么的开心，又去哪里哪里游览名胜古迹了。但同时，在他的信件中，又总是隐隐地透露出自己的军务是多么繁忙，现在自己对于军官这样的角色很投入，生活绝不是闲散无聊的。总之，他就是这样一位军人。因此，对于他在南京的生活，给我留下强烈印象的是他非常非常忙碌，可以说是忙得忘记了寻找退路。

就这样过去了一年。第二年的春天，他又来到东京。我还保存着1931年2月16日他给我的明信片，这再次唤醒了我对于他重游东京的记忆。

南京，可以说是一个焕然一新的首都，具有值得赞叹的古典之美。三月中旬，因公干我将去东京，想拜见您。我回国后，在郊区的军营里担任独立大队的主任官职，一切事情都能自己做主。我怀着迎接您来南京的热情，去东京与您相见。我有幸能在日本逗留大约两周时间，当然已经留出了与您一起出游的时间。

他的信里是这样写的。但我记得他不是三月份来的东京，而是四月份。我一看到他那英姿飒爽的中国军官的身影，就感觉到他已经锤炼成一名地道的军人了。他说，中国的军官制服真的很潇洒。得意之情溢于言表。我带着刚刚从南京出来的他，来到银座潇湘园的酒楼，那里有位眼神忧郁、长着圆脸的中日混血的女孩。他俩交谈用的是中国话。

他虽说是"公干"，其实也没那么重要，要不怎么会只派他一个人出来呢？我想，这倒也符合诗人黄瀛的行事风格。想到这里，我不由得笑了笑。原来，近来中国军队也开始饲养军用信鸽了。黄瀛这次来日本的主要任务，就是采购军用信鸽的种鸽。这个原因引发了我对往事的回顾。

他从士官学校毕业后，很快就被分配到中野电信大队工作。从那时起，他的心里就好像让亲和喜人的鸽子做上了窝似的。跟我谈起这件事情的时候，他显得非常自豪，断言自己是当今中国军用信鸽的权威。并且大笑着说道：现在就我一个人嘛，当然是"权威"啦！我觉得，他最终是否会成为信鸽的权威并不重要，重要的是黄瀛能有机会接触信鸽，这就足够了。一个热爱诗词的中国青年军官，从南京漂洋过海来到日本购买鸽子，这件事情本身就充满着诗意，具有感人的力量。更何况，我是与黄瀛相熟识的人，亲耳听到他对我说这件事情，别提多开心。

黄瀛与王小姐在南京举行盛大的订婚仪式，是在 1933 年的秋天。他特意给我发来了请柬。可迢迢千里，难以遂愿，我感到很遗憾，只能在心里祝愿他们幸福了。我想象着他在隆重的典礼上，该是怎样红光满面地周旋在宾客之间，心里就感到十分高兴。我从他的书信里也经常能看到关于王小姐的描写，便总盼着能有机会见到她。

又过了半年多，1934 年夏天，他出版了第二本诗集《瑞枝》，给我寄来一本。高村光太郎[①]和木下杢（jié）太郎[②]为他的这本诗集作了序文和序诗，吉田白岭[③]的女儿雅子以她那老练的雕刻技术为该诗集做了装帧。这是一本华丽的著作，比起他的第一本简陋的诗集《景星》来，可以说是豪华无比。高村、木下两位是他最敬仰的大诗人。在诗的形式方面，他受高村的影响更多；而在诗的意境方面，则主要是受木下的熏染。因此，高村和木下二人堪称他的良师。

他的诗有一种摄人心魄的力量，使人感到亲切与温暖。他作为一名军官，从事监察之类的工作，他的眼神理应是冷峻的。可读他的文字，却感到他那冷峻的眼神不知不觉间变得温和了。而且不仅仅是变得温和了，更进一步讲，他所要表达的意图，是那么紧贴读者的心思与感情。他的书信慢慢地变得很有诗意，而他的诗竟也慢

---

① 高村光太郎（1883—1956）：号碎雨，日本诗人、雕刻家，日本近代美术的开拓者。

② 木下杢太郎（1885—1945）：原名太田正雄，出生于日本静冈县伊东市。日本近代诗人、剧作家、美术家、天主教史研究家、医生。

③ 吉田白岭（1871—1942）：日本明治至昭和时代的雕刻家。

慢地变成了给老朋友的情意绵绵的书信。当然，并不是公开信。

书信必须有特定的对象，而公开信则不需要有特定的个人。他的诗，即使是一个不相识的人，读了也会深切地感到是专门为自己而写的。不错，他的诗确实能够软化人的心灵，但更让人感动的是潜藏在他诗里的那种私信一般的亲切感。《瑞枝》分为五篇，即《叩窗的冰雨》《绘在眼里的画本》《美人蕉花》《爱愁歌》和《清晨的展望》。每篇又分成若干章，总共有七十三章。这七十三章诗，他是怀着写私人信件的心情，记叙了自己近期的所见所闻所思。读他的诗，有一种微雨之后的清新与爽朗的感觉，仿佛充满生机的嫩芽在呼吸，花儿在微笑。他会陡然在你的心底打上深深的印记。就像与读者同居在一个屋檐下，一起眺望院子里的风光，相伴着在郊外的路上散步，不断用亲切的话语与读者交谈。

黄瀛的诗，如同摇曳在当代清新微风中的优雅爱情，使人在飓风一般的强劲中感受到静谧，在火焰一般的热烈中感受到萧清。他还是一位有着许多爱好的诗人。如果他出生在康熙乾隆年间的话，他的咏物诗就会被题写在扇子、宝石、文房四宝等日用品上，充满诗情画意。也许，后人甚少会认为他是一位咏物诗人吧。

就像将他的诗作当成私人信件一样，我也将他给我的私人信件当成了诗歌。这里，我抄写两三封他寄给我的书信，以便于深入探究流淌在他灵魂深处的诗的魂魄。


一月二日，回到了南京的军营。这是阳历的新年，虽然没有多少新年的气氛，但从文化的角度讲，总归还算是新年吧。在南京我有许多朋友，就像在东京时一样。我所在的地方被大家戏称为"梁山泊"。现在的南京，由旧城区与新城区两部分组成，实在没有玩乐的地方，我们这帮年轻小伙子就都与歌姬们成了朋友。这些歌姬都是江南名媛，她们各自都有老板，却纷纷与自己喜欢的年轻军官交上了朋友。昨夜，我们跟她们在戏院听戏，边喝茶、嗑瓜子……南京的姑娘们是不出门的，虽说不如上海的姑娘们那般时尚，但还颇具古典风韵。

新年期间，我们这些生活在郊外兵营里的军官进了城，见了一些平常难得见到的朋友。虽然对南京的环境还不是很熟悉，但并没有影响活动。现在的生活可以说很安逸、舒适，我担心长久以往可能会失去上进心。同学们有一种共同的心理——希望先在参谋本部混它个两三年，明年或许会组建信鸽大队，我也可能出任上校队长。要是当上独立大队的队长的话，工作就要忙了。我有个当工兵营营长的朋友，他管着一千多部下，每天都忙得不可开交。我在南京也是孤身一人，都快忘记今夕是何年了。

军队的宿舍里有勤务兵，生活过得还是很悠闲的。


这是他毕业回南京后不久寄给我的信件。他说，信鸽大队还没有组建，明年可能还会重游日本呢。由此可见，他的军旅生涯虽然是忙碌的，但充满了情趣。他以新年的活动为线索，向我透露了中国青年军官生活的一个侧面，倒使我感到十分有趣。

如前所叙，第二年春天他来日本买鸽子时，已经如他所愿晋升为上校了，当上了军政部特种通信教导队的队长。下面抄录的，是他重游日本回去后给我的来信。

敬启者。对不起，在日本期间给您添麻烦了。您的身体好吗？我是二十日回到南京的，现在工作很忙，但心情不错。南京的初夏竟然特别凉爽，实在让我感到意外。我每天在军营里起居，但生活不无聊。这几天很热，毒辣的阳光照射在树叶上，闪耀着刺眼的光芒。我陪着田坂画伯（日本画家田坂乾氏）在上海玩了三天。自从在您那里见过赤城画伯（日本画家赤城泰舒氏）之后，就再也没有联系过他，请代为问安。

　　您给我寄信的话，邮址请写我居住的旅馆——南京第四象桥新马路南洋旅馆30号。军营下个月将要搬迁至革命军遗属女子学校的旁边。新的地址届时我将另行通知。

那之后，他经常给我写信，叙述他的近况，打听我这里的各种消息。我是个手懒的人，有时给他回信，有时会忘了给他回信。可是，不管是否收到我的回信，他从不怠慢，总是很认真地用毛笔在通信教导队的信笺上定期给我写信，每封信差不多都要写满三四页纸。他的军旅生涯是那么紧张，但依然经常想起东京的生活，不能不说是怀着深深的眷念之情。我再抄录一封他的信件来证明——

　　杂志收到。我已经很久没有读到三田文学了。那篇精彩的文章，成了我在这个绵绵秋雨的夜晚的消遣。我很害怕远离与诗词相伴的日子，现在学着陶渊明，一心一意地种菊花呢。最近的东京怎么样？南京对于我来说，只是一个形式上的生活圈子，装腔作势地活着。我如同两三年前一样，既没有猎奇的心理，也没有吸引自己的爱巢，用南京土话说，是"干玩儿"（这是一句流行于花街柳巷的词语。比如在酒席上本该喝酒，却喝汽水，就是"干玩儿"）。后来，常常陪着长得像孩子一般可爱的王小姐散步，既不是那种危险的游戏，也不是认真相处的朋友，实在是件令人苦恼的事情。要是有机会跟您谈谈别后这两三年的经历的话，该是一件多么开心的事情。我们连坐下说说笑笑的机会都找不到了，真让人感到遗憾。

雨还在静悄悄地下着。窗外盛开着紫茉莉、美人蕉和夹竹桃的花儿。今夜，其他人要去青年会参加活动，我可能得一个人吃晚饭了。或许，我最近又可以去你的书斋说说话了。不过，毕竟是在工作啊，去东京总归是件不容易的事情了。

敬祝健康!


他做梦都想来东京，但总也来不了。就这样过去了好几年。我是昭和十一年（1936）去的北平，原以为他在我离开日本的期间会来东京呢，事实上也没有来。他对北平一无所知。我在北平期间，他曾经给我写过几封信，总是说：听说北平是不错的地方，我打算去看一看。从他的话语中我能感觉到，他对北平的感情远远没有对东京的感情深厚。我在北平时，他写给我的最后一封信应该是在昭和十二年5月18日。


久未通信，请多多谅解。我们只是大队本部搬到了郊外。您最近好吗？这段时间忙得不可开交，简直就腾不出一点儿空来。前些日子出了一次车祸，我差点送了命。现在，正值南京野玫瑰盛开和草莓成熟的季节，更增添了我对南京的好感。周末，我去郊游，享受郊外的清静与悠闲。新电影倒是比北平上映得早，但这阵子我对电影没什么兴趣。军营周围都是水塘，我喜欢上了钓鱼。您要是问我钓没有钓到过大鱼，可以坦诚地告诉您，我的钓鱼不求所获，完全是姜太公钓鱼——愿者上钩。我近来完全戒了酒，只是还吸一些香烟。最近大概是年龄的缘故，有些懒得动弹。要是有机会见到您的话，也许会将能量集中爆发出来吧。这个世界正在发生翻天覆地的变化，吾辈实在感到茫然。最近，我要外出五十天左右，给我的信请寄军营的地址。

正如他这封信中所说的那样，他要因公外出五十天左右。后来卢沟桥事变发生了，不知他回到南京没有。他是一个那么喜欢写信的人，但没有了任何的音信，实在令我感到有些难以理解。后来，两国成了敌人，没有通信往来也就不奇怪了。

# 燕京品花录

　　"如白驹过隙"这个形容时光快速流逝的词语，使人感受最真切的，莫过于天空色彩的变幻与花开花落的过程了。人们往往在感叹"少年易老学难成"的同时，未必会因为学业的事关重大而只争朝夕。然而，当人们叹息城南城北古城墙边，桃李争艳引来无数蜜蜂嗡嗡采蜜的美景已经成为往事之时，满城的紫丁香花又开始吐露清新无比的幽幽芳香。接踵而来的是晚香玉、茉莉花，将她们媚人的香气散向四野。很快，当天空出现深秋的湛蓝时，取而代之的是清丽如水的菊花的娇美容颜……如此匆匆的四季，交会着繁盛与冷清，很容易令人产生这样的联想：这难道不是在叙述啼笑皆非的人生吗？

　　年年岁岁花相似，岁岁年年花不同。对于这样的描写，我们姑且不论它语言修辞上的委婉，单说在这个现实的世界上，就再也没有东西比它更令人值得感慨的了。

今年，我也同样因为桃花开得迷人而心情沉醉，即便是同样的盆栽，千日红也比去年开得艳丽许多，一眼望去真是让人满心欢喜。人们容易在花季过去之后，想念花儿的容貌。有时，想起过去那些与花季有关的人和事，总觉得那些摇曳的花朵色彩斑斓，充满无尽的思恋与悲苦。如果不把她们当作自然的花卉，而把她们看成解语花（美人的别名）的话，那么，"年年岁岁花相似，岁岁年年花不同"的慨叹声就更加催人泪下了。

自古以来，《板桥杂记》<sup>①</sup>一类的香艳花史，之所以能够受到世人的赞赏，既不是因为它们所记载的故事曲折离奇，也并非其中有什么非学不可的知识。这类似于当你突然看到遗忘在旧书页里的"压花"，看到它那萎缩的花瓣和消退的色彩时，自然会联想起她们盛开时可爱的模样。从这个意义讲，"压花"所展现在人们面前的是丑陋的形骸，而"香艳花史"一类的书籍则是以美丽的文字见长。这种美丽的文字，往往能够传达出与真实花卉不同的、别具一格的真实。这种别具一格，绝不是虚假的，也不是伪造的。

我以为，这种别具一格的真实，从审美的角度来看，不就是那些历遍"解语花"们各领风骚之后的文学作品吗？如梅鼎祚的《青泥莲花记》，余澹心的《板桥杂记》，等等。本人的"品花录"，绝不敢狗尾续貂，以免贻笑大方。然而，卢沟桥事变前后，燕京花街<sup>②</sup>的景况显然是天壤之别。因此，我想通过回顾近来与过去燕京花街

---

① 《板桥杂记》：清代余怀所著的小品文集。记述明朝末年南京十里秦淮南岸长板桥一带旧院诸名妓的情况及各有关方面的见闻。
② 燕京花街：即北京的"八大胡同"。

的情况，追溯其变化过程，探索烟花风流的兴衰。

燕京香艳荟萃之地，较之前门外的热闹来说，往西走几条街——百顺胡同、石头胡同、博兴胡同、韩家胡同、王广福斜街、朱茅胡同、陕西巷、小李纱帽胡同、火神庙夹道一带或许显得更加繁盛。以前，"八大胡同"虽然声名远扬，可如今这个数字已经远不是"八"了。在"八大胡同"西边，有一条叫作"一尺大街"的胡同。"八大胡同"就是通过这条长度与名称相当匹配的胡同与琉璃厂连接的。

诚如世人所知道的那样，琉璃厂是古书古玩市场，其趣味与"八大胡同"完全不同。可以说，一处是一分安适、九分冶游，一处是一分消遣、九分销魂。虽然它们带给人们的情趣不同，但同样使人迷恋。而且，发生在琉璃厂另一端的事情，或许更加令人玩味。

宣统二至三年时，有一位名叫吴蔼航的雅士，善作桐城派的古文，是《迻报》《京华报》《京话广报》《华林报》《燕报》等多家报纸的主笔。他经常谈论国事，慷慨陈词，言辞显得颇为偏激，曾以《燕京花史》[①]为题发表过著述。他在该书中收录的四十八名佳丽，均可谓是精选出来的粉黛佳人。

吴雅士的文辞倒也未必完全秉承桐城派的严谨，但对红楼翠馆的风景、娇婉声色的描写，却是令人回味不尽。在这里，我选取描写"富贵堂"一名叫作花四宝的妓女的片段，来供读者诸君品鉴。

自乐户捐开后，都中之上等勾栏，皆大书其商标曰清吟小

---

① 《燕京花史》：吴蔼航著，清宣统三年（1911）由京华印书局出版。

班。其用意盖以歌为重，亦古时女乐遗意也。然近日女闾中人，于歌曲一道，几如留学生之弁髦国文。每一发声，皆呕哑啁哳难为听矣。今于七十八家南北班中，得有一有声有色之南花。其善歌之名，亘七八年，越数千里，犹有余音袅袅，来为上苑旌歌中放一异彩者。彼何人斯？余乃振襟昂首高唱其芳名：上海大名鼎鼎之花四宝是也。四宝发初覆额，便学歌舞为女伶。比长，即又挟其艺以走汉皋，渡钱塘，泛洞庭，旅津沽，游辽东，频占帝都春色。云云。

回首三十年前的往事，物是人非自不待言。要是能够允许我在本文中稍稍作些注释的话，个中缘由并不难理解。所谓"乐户捐开后"，说的是少年歌舞伎被禁止以后。"上等勾栏"，则是指现在的上等妓院。"清吟小班"，即挂在上等妓院门前的黄铜铭牌，至今依然如此。"留学生"是指前往海外的清朝留学生，此处有他们汉语文学素养低下的意思。"南北班"是"南班"与"北班"的统称。"南班"即由苏杭女子组成的班底，"北班"即由北方京城女子组成的班底。如今，"北班"门口挂着妓女的名牌装饰有红红绿绿的绸缎，以示与"南班"相区别。这里所说的"南花"，是因为花四宝来自上海。

从上述对引用的《燕京花史》的注解，可以窥见当时京城花街情形之一斑。下面，我将继续引用《燕京花史》中一段凄惨的故事，并通过注释的形式作补充说明。

　　……在被称为韵花别墅的妓馆里，有一位叫作翁梅倩的女子，工于诙谐幽默，为女伶中最有资望之人物。该女子豆蔻年华，嫁与某富商，家财数十万，当有享不尽的荣华富贵。可是，她却与某伶私奔，双宿双飞。后再入妓籍，以善歌而博得盛名。又有某客赠送彩票一张，开彩时竟得大奖。于是，梅倩无端坐拥巨资。正所谓"好事多磨"，一天晚上，忽然遭到绿林豪客的袭击，私藏金珠财帛被悉数劫去。梅倩遭此不测，以致一蹶不振。

倘若故事这么简单的话，也就没什么可说的了。由于翁梅倩的名头太大，竟然有了个冒名顶替她的妓女。这个凄惨的故事，就发生在另一个"翁梅倩"身上。让我们不厌其烦地再抄录一段吧：

> ……前年，韩家潭吉升班有一歌妓亦名翁梅倩，实则沪上女伶沈媛媛，冒翁之名而来。予以其善歌，与举办花界赈捐时，令其赴福寿堂登台演艺。闻者咸称其名，可列教坊第一部者，因于报章揄扬之。
>
> 京都人士素耳梅倩大名者，纷纷作函来询真伪。足见其芳名远播，不同铮铮凡响也。然闻冒翁名之沈媛媛，旋坠落于二等茶室中，日与鸡鹜争食，委顿已无人状。花四宝曾告予曰：沈本翁之高足弟子，金樽檀板，颇得薪传。戊申冬即坠混于陕西巷桂顺茶室。四宝闻予道其坎坷状，恻然悯之，便与某客及梁溪李寓，亲携钞票三百元，至该茶室河润之。

"茶室"，是地位低于清吟小班而高于下等旅馆的妓院的总称，现在人们提起二等妓院时，也是这样称呼的。清吟小班的姑娘们随着年龄的增长，容颜衰老之后，只得被迫降格去"茶室"。虽说"茶室"要比下等旅馆地位上高一些，但毕竟是专门卖淫的场所。与那些当初就在"茶室"卖身的女子比，清吟小班落魄降格的女子们来到这样的场所，其心中的悲哀是显而易见的。多少个"沈媛媛"现在依然整日里将痴呆呆、满含泪水的目光，投向院子里铺垫的砖石上。

这段文字的最后这样写道：

> 沈媛媛后迁景春茶室，产一雏，不育。加之债台高筑，忧郁成病。俄而，一缕香魂竟归净土。鸨儿以五元钱购一柳木匣，薄瘗于西郭外。闻者皆咏《尤西堂》"问花无语，见花无期，今一去，地角天涯"之句以吊之。

"鸨儿"又称"跟妈"，既负责监督妓女，又负责照顾妓女的生活起居。她们往往跟自己的孩子一起居住在妓院里，孩子们毫不回避地与客人混迹在一起，作为母亲的老鸨也并不在意。不仅如此，她们有时还会吩咐孩子们为客人端茶、点烟，甚至让孩子们替自己分担一半的活。孩子们当然唯命是从，有时甚至特别欣喜地为客人做这做那。沈媛媛死的时候，是用五元一具的柳木棺材安葬的，我觉得这是符合她茶室卖淫女身份的。上等的棺材是用楠木做成的，最差的棺材则是用柳树做的。用柳木棺材义葬那些曾经自称"名妓"的女子的故事，至今还在"八大胡同"的许多"茶室"里流传。

前文所记述的梁溪李寓，也是其中一个妓女的名字。她的阁名叫文韵，红粉才高，擅长诗词，与翁梅倩等人合力，为社会谋种种公共利益。尤其值得一提的是，她所发起捐建的半日女子学校，是一所艺妓学校，却功败垂成，十分遗憾。然而，李寓立志要为大众谋利益的勇气和胆识，确实令人敬佩。遇上水灾之年，她或在福寿堂举办慈善演艺大会，或亲自将1500余篇诗稿刊印出售，用所得资金赈灾……显示出男儿也未必有的豪气。她的那部诗集名叫《文韵阁诗抄》，俨然以《燕京花史》作者的"女弟子"自称，颇有李香君之风度。只是对于她的容貌姿色流传甚少，令人心里略感缺憾。抄录一首她的诗词如下：

> 媚香楼是侬家物，二百余年剩夕阳。
>
> 今读南朝亡国史，伤心空带粉脂香。

从"媚香楼是侬家物"这句诗中，我们可以认为，她是以《桃花扇传奇》中的女杰李香君自居的。再让我们看一看作者在《燕京花史》中写的其他人物：有昆曲高手洪宝宝，有诗妓花月阁，有爱读《红楼梦》、喜欢翰墨的朱宝宝，有爱猫如命的李银兰……那些描写姊妹花们千姿百态的美妙文字，不由得令人联想起当年"八大胡同"的种种风情，真可谓美妙之极！

在这些妓女中，既有如金秀卿等呼吁抵制日货、倡导男女平等者，也有如洪媛媛等模仿东洋女高束发髻、颇受归国留学生欢迎者。束发的装扮在当时被称作"东洋妆"。钟爱东洋妆者，远非洪媛媛一人，苏映雪、金媛媛、陈凤云等也都是此种装扮的热忱追随者。当时，云吉班有个名叫宝兰的妓女，完全是日本式的打扮。峨峨高髻，着和服，穿木屐，登福寿堂参加慈善演出……这种时髦的扮相曾一度风靡京华。

《燕京花史》中所描写的"八大胡同"的景况，都是革命尚未发动、新文学尚未倡导之时的往事，虽然相距现在并不久远，但毕竟已成往事，如今已经没有"八大胡同"这个概念了。应该说，该书所列，已是明日黄花。

据说，以前在琉璃厂的南夹道，居住着王士祯。在虎坊桥，有一处阅微草堂。可见，在前门外这片喧闹之地，文人的踪迹也是络绎不绝的。据考证，今日妓院鳞次栉比的韩家潭广东会馆，竟然就是康熙年间李渔居住的芥子园，可见这些年来变革之剧烈，实在令人大跌眼镜。现今的广东会馆，是一座很粗陋的建筑，原本是三百年前的老建筑，却没有给后人留下任何有价值的东西。

在《燕都丛考》一书中，作者引用了《骨董琐记》的内容，其注释称："沈碧香，官至吏部，居韩家潭。其门联曰：十载藤花树；三春芥子园。说的大概就是李渔的芥子园旧址。"就连一代名士的住宅，在几经变迁之后都踪影全无，更何况那镜中的倩影、帐中的娇吟，又能有几年的风光？即便盛名不衰，但其生活也大多充满了辛酸与悲哀。例如以前众口交誉的前门外的名妓赛金花，在义和团运动前后，曾经出卖自己的爱情，博得德国公使的欢心，而助了国家一臂之力。后来，赛金花的命运几经变化，老衰残败，再也没有人愿意理睬她了。最后病贫交加，惨死在陋巷之中。这件事大概就发生在两三年前吧。在赛金花病危之后，北京的各家报纸争相刊载她的病情报告，并且很快就发出了吊唁的讣告。可以说，晚年的赛金花贫穷至极。我还记得当时的《大公报》记者在她的居室里拍摄的一张照片：她家的桌子上只剩下一座落满灰尘的蜡烛台。据说，在她去世之后，有两三名志愿者移植了她亲手栽种的夹竹桃，说是要做永久的纪念。可是，不久卢沟桥事变爆发，我心里疑虑：那些夹竹桃还能平安无事地年年开花吗？

世上没有能够胜过花铺满地的美丽风景，但愿莫要让鲜艳的花朵抱枝枯萎而死。只有在脱离了实际的"真实"之后，别有趣味的"真实"才能大放异彩。因为唯有此时，才可以说她们是最美的。

可以这样说，直至卢沟桥事变前夕，前门外"八大胡同"的状况始终处于剧烈变革的旋涡之中。不过，总还是有许多旧的痕迹遗留下来。例如，我们前面所提到的赛金花，在她以前艳帜高张的陕西巷，从恩成居菜馆往南，或是步行去百顺胡同、韩家潭等处，一路上都是没有路灯的黑暗小道。若是偶尔在小路上看见一点光亮，那便是应饭馆"叫条子"外出的妓女所乘坐的人力车踏板上照明用的灯发出的。这种灯光是青白色的，从下往上照，就像舞台灯光似的，很强烈地将乘车人的容颜勾勒出一半。坐这种车，与坐平时在街巷中等客的发出暗红色光亮的人力车的趣味截然不同。为了增加坐车人的美感，许多家庭用车也喜欢采用这种灯饰。这种人力车行进在路上，其强穿透力的灯光与客车所发出的鬼火一样的暗红色灯光混杂在一起，将坐车的人连同影子一同左右摇晃起来，而四周飘荡着的，都是强烈的油烟与韭菜味。更有那墙角的转弯处，到处弥漫着随地便溺的臭气……这便是"八大胡同"在装上路灯以前的夜路风景。

当时，清吟小班最为兴盛的要数百顺胡同。虽然，石头胡同的三福班、韩家潭的环翠阁也是首屈一指的去处，但与百顺胡同的群芳班、美凤院、潇湘馆、莳花馆、鑫凤院等相比，又要逊色许多。当时，妓院里并没有人会说外语，一般姑娘们对客人就说北京话，与姐妹或鸨母就说家乡话。客人们在旁边听着她们说话，宛如置身于异国他乡。由此可见，同在清吟小班中，与"北班"相比，"南班"情趣就显得更加丰富多彩。名义上虽称作"清吟小班"，但她们并不争演艺水平的巧拙高下。潇湘馆有个叫作星月的妓女，平时总是故意摆出一副女王豪侈的样子，一度延请了琴师，听他拉二胡，却将席位让给别的妓女，她自己也并不会唱戏。在她们那帮"花姊妹"中，年纪小一些的陈莺莺、钱乐珠、素琴、嫣云等倒是用心学唱的。当然，一旦请来了师傅，就不得无故拒绝学唱了。因此，每逢那些容貌姣好而演技不佳的妓女出席演唱时，不由得替她们捏一把汗。尤其是当数家妓院的妓女聚集到一起参加宴会时，考虑到清吟小班招牌的体面，不唱肯定是不行的。所以，她们就让唱功好的与唱功差的搭配起来唱。每每看到这样的场面，心里总有一种说不出的滋味。群芳班的红妹、倾心、红弟，美凤院的香瀛、情妃，蒋花馆的素弟、七妹、春鸿，鑫凤院的雪妃、美君、李情钟等，技艺可能并不是那么高明，但她们应酬客人倒是特别用心、特别周到。她们笑颜甜美，应酬得体，并讲究劝诱客人的技巧，绝非千篇一律。偶尔遇到客人沉默寡言的时候，她们妙语连珠，巧意调笑，颇得客人欢心。同时，不停地劝客人品尝茶点和吸烟，表现得十分殷勤可爱。作为客人，首选是那种态度积极、活泼、性格开朗的女性，其次是那种态度消沉、有计谋、性格不够开朗的女性，再其次是那种态度和善、惹人怜爱、带着乡土气息的女性。李情钟属于第一类，星月、红妹属于第二类，而七妹则是属于第三类。技艺倒也未必高超，却能给人一种神清气爽的感觉。在如今的妓场上，已经再也找不到像当年洪宝宝那样专唱昆曲的人物了。现在唱的大都是京戏，唱京戏的也大多是唱青衣，能唱老生乃至花脸的可谓寥寥无几。在北京，即便是街头行人嘴里哼唱的曲调也几乎都是京戏。其中也以青衣、老生的唱腔居多，很难听到有人哼唱花脸的唱腔。偶尔，在那寒冷的深夜，在寂静的胡同深处，猛然听得一嗓子清亮的花脸唱腔，会忍不住朝那声音传来的方向投去寻觅的目光。我以为，花脸那特有的清亮声音，其发声的难度是很大的。

鑫凤院有位叫作吴若士的妓女，容貌姿色虽然平平，但她的唱功在"八大胡同"之中却堪称第一。她专攻的虽是青衣，但同时多少也能唱一些昆剧的段子。作为票友，她已经数度登台演唱过。"票友"一词，常常被翻译成"业余演员"，不过，仅仅说是"业余演员"，还不能穷尽其内涵。在日本，要是被称作"业余演员"的话，表示这个人对某件事情很好奇。而在中国，要是被称作"票友"的话，程度就远不止是好奇了。

如今，在女伶当中，堪称一流的陆素娟，原本也是韩家潭的一个妓女，同时也是一位票友。后来，她居然成为一名专职演员。就连小生金仲仁、老旦卧云居士等久负盛名的名角，最初也都是票友。在同仁医院做护士的杨丽华也是票友，其成就可以说是首屈一指。应该说，较之那些"好奇"或是"爱好"某些事物的人来说，"票友"对热爱的事物有着更广泛的接触和更深刻的理解。吴若士是票友，虽然缺乏香艳的姿色，唱戏方面却很见功力。

妓女苏三背负杀人冤案，在提解太原府的途中，遇到了老年解差崇公道。他想起自己早逝的女儿，对苏三充满了同情之心，并给了她许多温和亲切的照应。

苏三很感激老人的恩德，向他述说不幸的身世和遭遇。很快，他们来到了太原府的城门口。由于不能打破规矩，老人只得将一路上解开的枷锁又给苏三戴上，然后一步步走进城门……

这段《女起解》是吴若士的拿手好戏。"人言洛阳花似锦，偏我到来不如春。低头离了洪洞县境，老伯不走你为何情？"吴若士那与容貌不相匹配的娇滴滴的唱腔，实在有一种撩人魂魄的魅力。

莳花馆的妓女二妹，因人高马大，实在不能算美貌。可是，她的唱功却很值得一听。她唱的是老生。现在王府井大街上的安福楼，在它还是承华园饭庄的时候，每逢宴会，都是吴若士与二妹同席。在师傅悠扬的琴声伴奏下，她们唱的是《四郎探母》中铁镜公主与杨四郎的一段对唱。被囚禁在敌国，成为该国驸马的杨四郎，十分想念身在遥远故国的老母亲，归心似箭。终于，四郎有了一个可以回国的机会。这是他临别之际与铁镜公主的一段对唱。唱腔是快板，流利酣畅，快速利落。这是我最喜欢的一段，同时，也是难度最大的一段。据说，就连久负盛名的现代老生谭富英，在戏台上演唱这段戏时也曾出现过失误，北京的戏迷们至今还记得这件趣事。当晚，吴若士唱的是铁镜公主，二妹唱的是杨四郎。她们气息相投，配合默契，竟然连一点儿瑕疵都挑不出来。剧终之时，师傅自言自语道："真漂亮！"从那一片赞扬声来看，她们赢得了全场中国戏迷的赞叹。

与吴若士同在鑫凤院的还有一个叫作醉妃的妓女，是为数很少的擅长唱花脸的演员。醉妃是花脸界一根难得的台柱子，她不仅嗓子好，还能将花脸那清澄亮丽的唱腔表现得淋漓尽致。我总觉得，她与著名的花脸演员裴盛戎在神韵和气质方面很相似。吴若士、二妹她们现在是否还健在，后来的事情我就不得而知了。

卢沟桥事变爆发不久，"八大胡同"一带全都门户紧闭。最先勇敢开门迎客的，是那些"茶室"和下等旅馆，各处清吟小班一直都没有开业。当年秋天，新新戏院举行了一场义演之后，大伙心里的一块石头才算落了地，清吟小班也逐渐恢复了营业。在这期间，有的人移居天津，有的人回了南方，整个班底发生了很大的变化，于是在是否开业的问题上颇费了些踌躇。这时，她们中就有人采用当年"八大胡同"的做法，从隐蔽的避难场所派妓女前往熟客的府上。这样的做法，即便是在"八大胡同"的历史上，也只有那么一次，说来确实有趣。

在此期间，若想在北京城里求购豪宅大院，也并不是什么难事。槐树的浓荫下，幽深的公馆成了狐狸的栖身之所，四周弥漫着阵阵香艳的气味……《聊斋志异》一书中所描写的荒诞故事，仿佛栩栩如生地再现在人们的面前。可以说，"八大胡同"寂寞冷清的这段时间，正是它面貌发生变化的前奏。就在霓虹灯照亮"八大胡同"的同时，清吟小班的花姊妹们也有了比较大的更替。虽说是新花替代了旧花，但新花与旧花又总是有着差别。这种"替代"如同潺潺流水，以其十分顽强的生命力，日复一日地改变着旧有的一切。在当今这个社会，那些原本需要五六年甚至更长时间才能达成的大变革，居然不到一年就实现了。而那些需要随着时间慢慢消除的旧事物，却在转瞬之间土崩瓦解。这样一来，红妹、春鸿、香妃们自然也就成了匆匆飘落在流水之中的花瓣、夕阳余晖里轻轻飘过的浮云了。

每个时令都有要例行操办的节日礼俗。在烟花柳巷里，我观察着一年四季的变化，发现农历七月二十五日地藏王菩萨生日的祭祀活动，与我们日本盂兰盆节燃香供奉的习俗很相近，令人心底生出一丝孤寂。在妓馆昏暗的堂前，始终供奉着白烟袅袅的线香。即便天色完全黑了，在线香燃尽之前，白色的烟气也始终不会散去。那时虽说是夏季，可早晚还是有了一些凉意，星光在晴空闪烁。

花姊妹们都是一些流离失所的女子，对于自己未来的迷茫，可以说早已深入骨髓。然而，一年当中，总有那么几天，她们会想念故乡的水、简陋的房舍和自己的双亲。祭奠地藏王菩萨的那个夜晚，就是她们思乡感受最为深切的时候。

中秋之夜，她们也要在院子里拜月亮。鸡冠花拥簇着"月亮马"的画像，供桌上摆放着月饼、莲藕和瓜果之类的供品。那天晚上也同样是要点燃白烟袅袅的线香的。不过，中秋节是不允许一味沉溺于悲伤之中的，必须全身心地作买卖。那天晚上，熟客特别多，正是乘机大赚一票的好时机。可以说，中秋之夜对于她们来说，只是一个徒有其表的美丽的夜晚，而内心深处却是五味杂陈。祭奠地藏王菩萨诞辰的阴郁心情，确实比不上中秋之夜的华美。可处于那样的环境之中，她们的落魄与寂寞自是不言而喻，似乎唯有尽情地哭泣，才能抚慰自己的伤痛。虽然举行这类祭奠的不仅仅是妓院，平常人家也是如此，但只有妓院院子里线香的袅袅烟雾，才是看不到头的梦幻，深深地铭刻在姑娘们的心底。也正是从这时起，街上店铺里色泽艳丽的果品开始上市了。

# 女人剪影录

　　脱胎于新思潮的热情给这个世界所带来的震撼，也许再也不会比 1919 年 5 月 4 日那一天来得更加猛烈了。这就是众所周知的五四运动。二十年前那场声势浩大的运动，中国到底发生了什么？

　　五四运动的核心当然是青年学生阶层，他们憧憬着明日太阳的辉煌，奋起反抗一切陈规陋习，甚至流血牺牲也在所不惜。真可谓是狂热崛起的一天。的确，他们在狂热的呐喊声中，猛烈地冲击着旧的世界。也正因为如此，难免出现那种连民族的优秀传统也一并摧毁的愚蠢举动。曾在乡里执教数十年、已是两鬓花白的老校长，一夜之间就被摧毁了所有的尊严，成了陈腐反动的代表，遭到恶毒的批判和攻击；故意与和睦家庭慈善的双亲作对，动辄离家出走……类似青年们可悲可叹的的例子，在全国范围内可谓比比皆是。五四运动的意义是不言而喻的，但由于其狂热且缺乏理性，民族的优秀传统也很容易被破坏。

五四运动最初是从北京发起的。漫步于幽静的古都燕京的街头，不敢想象当初那喧闹的场面。我沿着北河沿往北走，穿过辅仁大学那些静寂无声的胡同时，难以相信：古都北京，就在我现在站立的地方，当时有多少青年学生惨遭杀戮！温和的阳光投射在延绵伸展的墙壁上，深邃的天空中鸣响着鸽哨，留给人们悠远梦幻般的感觉。追忆当年，一片空寂无痕。

短短二十年的时光，就这样将以往的鲜血冲刷得不留痕迹。是的，北京令人不可思议之处，就在于它无论发生了多么激动人心的事件，都好像很快就会烟消云散，就像被老槐树那茂密的枝叶和皇城城墙的阴影吸收，继而又回复到了原本的寂寞状态。这简直就像是一座建立在沙漠海洋上的魔幻古城。

"到北京去！"可以说，这是当年全国青年男女梦寐以求的人生目标。去北京！去北京！对于许多年轻人来说，将北京作为自己向往的目标，带有很大的盲目性。在他们看来，只要去了北京，等待他们的必然是新鲜的情感和光明的生活——犹如水灵灵的果实一般丰富而诱人。那些地方城市名门望族的青年男女，出于追求新事物的迫切心情，有时会将对家庭的叛逆行为误认为是英雄式的举动，却不考虑是否有成功的可能。我们每天在西直门、正阳门车站看到的下车的人流之中，就不乏抱有这种想法的年轻人。

然而，北京的生活也未必能够如他们所愿。在犹如过江之鲫般的青年男女中，能够顺利跨进大学森严校门的也极为有限。何况，当他们乘着被时代潮流鼓荡起来的热情盲目来到北京后，迎接他们的又会是什么呢？不用说，或是放荡不羁，或是贫穷潦倒，或是彻底失败。

就这样，许多青年人沉浮不定，沦为这个时代的牺牲品。我在这里记叙与新文学有关的经历传奇的二三名女性。我不敢妄言要以她们的例子来警示众人，仅仅是因为我对她们那不可思议又波澜起伏的生涯感兴趣而已。

我曾经写过一篇短文，讲述了时代的牺牲者石评梅女士的故事。而那位将石女士令人心酸的爱情悲剧写成长篇小说《象牙戒指》的女作家庐隐，也可以说是位绝不亚于石女士的传奇女性。就生活波澜起伏这一点而言，庐隐甚至远要比石评梅更具传奇色彩。

庐隐出生于福建省闽侯县，由于她出生之日正巧赶上外祖母仙逝，便被家人视为不孝之女而交给乳娘代为收养，从此，便开始了她命运多舛的童年。三岁时，她被送到距离闽侯县城10公里的乳母家所在的乡村。由于体弱多病，浑身长满了疥疮，连双腿都迈不动。幸运的是，当地的水土好像很适合她的体质，各种毛病竟然不治自愈，健康地成长起来。八岁时父亲病逝，她跟随母亲来到北京的叔父家生活。之后，她入读外国人办的慕贞学院，接着又升入师范预科。就在这前后，相继爆发了辛亥革命，成立了中华民国。恰巧，当时还有一位姓林的青年与她一起寄宿在她叔父的家里，他们二人就这样恋爱了。她不顾母亲的反对，与林姓青年订了婚。女师毕业后，她就离开了北京，前往开封、安庆等地担任小学教员。就这样过了大约两年时间，她又回到北京，进入女子高等师范学校的国文系学习。好像就在这期间，她与评梅女士成了知心好友。

那年她二十一岁，正赶上五四运动爆发之际。不久，她在《小说月报》上发表了短篇小说，与王统照、冰心等齐名，成了文学研究会的中坚力量。在此期间，她深切地感到与订婚对象林姓青年在思想上存在隔阂，遂自行撕毁了婚约。林姓青年是学工业的，深爱庐隐，很希望与庐隐履行婚约，可是，庐隐并不理会他的心思。不用说，无论何时何地，解除婚约都是很大的事情，更何况是在严守封建条规的中国旧家庭里，不难想象是一件多么轰动的大事，庐隐却敢作敢为，一意孤行。不仅如此，她还一头扑进新结识的情投意合的北京大学学生郭梦良的怀抱，在上海的"一品香"旅社与之结成秦晋之好。但是，新任丈夫郭梦良是结过婚的，已有一位夫人，而所有这一切，庐隐事先居然一无所知。这恰巧就是她的作品《象牙戒指》中的主人公沁珠的命运，也就是沁珠的原型、她的亲密好友石评梅所走过的荆棘丛生的生活之路。谁知，更加悲惨的命运正在向她袭来。就在她生下一个女孩后，丈夫郭梦良不幸亡故。庐隐只得寄居在福州的郭家，一边在当地的女子师范学校任教，一边抚育女儿，还得侍奉刻薄的郭母。后来，她辗转上海、北京等地。在北京期间，她也连续不断地变换工作，相继担任过女子中学的校长、师范大学附中的教员等教职。并且，还与当时清华大学的学生李唯建相识相知，勇敢地再一次走进婚姻的殿堂。

庐隐与李唯建相爱期间的信件，后来编辑出版，就是著名的《云鸥情书集》。从这本书中，读者可以得知，庐隐在信中的署名为"冷鸥"，而唯建的署名则是"异云"。全书共收录二人往来信件六十八封，以异云寄给冷鸥的信开头，以寄给她的一首诗结尾。他们的友人王礼锡为该书作序，篇幅虽然不长，却将当时庐隐的情态描绘得栩栩如生。

序文之中，王先生引用了作者的说法，说这本书是由绿衣人送来的，云云。这毫无疑问是指庐隐与李唯建之间往来的书信。

从王礼锡先生的序言里，我们还可以得知，自从石评梅病逝之后，庐隐就总是饮酒，且每饮必醉，醉了就痛哭不已……她与李唯建的婚姻生活可以说是平静而幸福的，他们相偕而行，漂洋过海，来到了遥远的东京。庐隐写过一些有关东京的小品文，记叙的应该就是这段经历。

他们在日本的时间并不长，仅仅几个月就回国了。先是住在杭州，后来又搬到上海，庐隐在那里担任工部局女子中学的国文教员。之后，庐隐生产，却因为产后恢复不良，于一周后在上海大华医院的十四号病房离世。此间情形，他们的朋友刘大杰曾经在追忆文章中有过详尽的叙述。

从庐隐的第一个短篇小说集《海滨故人》，到《曼丽》《灵海潮汐》《玫瑰的刺》《象牙戒指》，要是按照顺序一一读来，我们在感到十分遗憾的同时，不由得会为她的这些优秀作品发出由衷的赞叹。其实，又岂止是赞叹呢？我们甚至会禁不住为她那过于率真的文风而叹息。因为在庐隐的笔下，读者能够清楚地看到当时青年男女们生机勃勃的精神风貌，以及他们毕生无所顾忌的行为方式——越轨的思维方式乃至生活方式。当然，这也与读者的阅读方式有关。因为我们在阅读她的作品时，过多地考虑当时的社会情况，同时还加入了自己的想象。更深层次的原因则是因为她的作品具有很强的吸引力。读者在庐隐所有的小说中都能看到她栩栩如生的真实面貌，以及她的痛苦与欢乐。

例如，《海滨故人》中的露沙，《丽石日记》中的丽石，都是庐隐人生的真实写照。《象牙戒指》中的沁珠，则以举世闻名的石评梅为原型。不难看出，作者在文中以一个虚构的女性的名字，讲述真实女性的命运。不过，读者在沁珠的身上也能够看到很浓厚的庐隐的痕迹。《灵海潮汐》一书所收录的短篇小说《雨夜》，也是很好的例证。虽然是虚构的作品，但读者从作品中那位主人公侠影的身上，依然能够清晰地看到庐隐的音容笑貌。故事说的是一对被人们误以为情谊笃厚的男女青年，其实，女孩一点也不爱那个男孩。男孩一厢情愿地向女孩求婚，使女孩很反感。一晃数年，那个男孩来到北京，请女孩吃饭。女孩虽然心里很不情愿，但还是冒雨去了男孩的住处，却遭到男孩的侵犯。女孩愤然冲进滂沱大雨之中，一路跑回了自己的家中……作品中这个有着奇怪名字"侠影"的女孩，与她其他作品中的女主人公一样，总让人若有若无地感到庐隐的存在。庐隐作品中的女主人公常常有着相似的悲伤和喜悦，简直就像同一个人似的，只是变换个名字，在这部或那部小说中登台表演而已。说得更明了一些，那些人物全都是庐隐的化身。虽然她的小说写得不那么高明，却还是能够大胆、率真地表现那些身处现实生活中的年轻女性的悲伤与欢欣。并且，从她的作品中，我们能清楚地看到，那些误以为只要乘着自己的狂热如同水母一般漂向远方，就是踏上了新时代生活道路的殉道者们，往往命途凄惨。

北京城南混乱而拥挤的天桥市场，位于先农坛的北边、天坛的西边，沿着正阳门一直往南走，来到永定门附近路西一带便是。露天乱七八糟地摆放着成百上千卖货的摊位、估衣铺、药铺。这边刚有个粗心的人敲着砂锅底叫卖，一失手竟把砂锅给打破了，那边又冒出个以一两二分的便宜价格，向顾客兜售一双像是偷来的还没怎么穿过的鞋。整个市场闹哄哄的，弥漫着饮食摊点溜炒猪肝的腥臊气味。变戏法的倒扣着缺沿的碗，让你若隐若现地看到碗里的红色玉石，用这种不停变换的戏法来赢看客的铜钱。说评书的扯开嘶哑的嗓子，转铜子儿的猛敲着铜锣……真是一片无与伦比的热闹场景，就连那些看惯了名胜古迹的游客们，每每经过此地也会大吃一惊。穿过这个热闹的场所，再往西去，迎面看到的是张恨水在他的著名小说《啼笑因缘》中描写过的钟楼。如果再从左侧往前走的话，就是一片寂静的荒野了。可不知从何时起，那座钟楼里却不见了时钟。弄不清楚是丢失了呢，还是本就没有安装。

往西走数条巷子，再向南走几条巷子，就到陶然亭了。说实话，整个北京城，我最喜爱的风景既不是北海，也不是万寿山，而是与什刹海相连的后海和陶然亭。这一带靠近外城的城墙，全是沼泽地，唯有一条弯曲的小路穿过芦荻丛生的湿地，沟通南北。只有漫步于此，才可以说听不到任何声响。因此，那些不知躲在哪里的野鸽子的鸣叫声，就更加令人不寒而栗。陶然亭就是一座建在湿地中间土丘上的亭子。过去，文人墨客喜欢在这里举行观月的夜宴，现在来这里游玩的人似乎并不多。

站在陶然亭上举目南望，风光十分壮美。在京城，从城内眺望外城的城墙，唯有这里位置最佳。寂静无声的午后，长时间地伫立在这里，仰望天空中游走的云彩，将它那巨大的影子投放在城墙的侧面，斜斜地向前移动着。此刻，芦荻的沙沙声响和风儿刮过的声音，格外清晰地震动着我的耳膜。四周一片寂然，间或能听见野鸽子"咕咕"的叫声。这里的野鸽子好像特别多。

眼前是一片茂盛的芦荻。然而，在芦荻没有覆盖到的地方，可以看到湖水闪动着白光。以前，这里的储水量好像很丰富，如今积水的面积已经小了很多。

陶然亭畔有一片墓地。不是那种土馒头式的旧式坟墓，而是竖立着墓碑的高大坟茔。在为数众多的墓碑中，有两座坟墓里安葬的是庐隐的好友，小说《象牙戒指》的主人公沁珠的原型，早年的文学少女石评梅和她的爱人。石评梅遭到第一个爱人的背叛后，想起了一直在追求自己的第二个爱人，并且始终难以释怀。不幸的是，当时她的第二个爱人已经离开了这个世界。于是，评梅风雨无阻，每周都要前往陶然亭悼念他。数年之后，她也由于悲伤过度而香消玉殒……这一段故事，与庐隐的一生是何其相似，真令人不由感慨万千。

　　我每次去陶然亭，都会伫立在这个墓碑前，久久不忍离去。

　　回首往事，我们能够看到在前行的道路上，有多少青年悲壮地躺倒在路边——"到北京去"的梦想未必能将所有女性领上幸福之路。作家蒋光慈当年也曾是寄居在北京达教胡同文华公寓里的一个文学青年。当年他是如何言辞恳切地鸿雁传书，劝说他的爱人宋若瑜来北京，而若瑜又是为什么没有能够来北京，此间种种在若瑜逝世后付印的他们二人的通信集《纪念碑》一书中有详尽的记载。当初，若瑜要是丢弃年迈的老母，也不顾及自身的健康，只凭着一时热情奔赴北京的话，其不幸和悲惨，可能会更加令人们心痛不已。

　　女作家丁玲要是不追寻自己的梦想"到北京去"，或者即使去了北京，也不陷入与胡也频的爱情纠葛，她作为一个作家，或许会有不一样的结果。

　　每当我追思"五四"以来，有志于文学的女性们所走过的道路，总是会不由得双手掩面，哀婉叹息。

　　庐隐、评梅、若瑜，还有丁玲，她们都曾经是女学生，后来因为成了女作家，事迹才被人们口口相传，流传至今。然而，还有许多不为世人所知却命运相同，在悲剧的旋涡里郁闷而终的庐隐、评梅的朋党们。古都燕京是一座风雅幽静的都城，而一帮年轻女性却在这块土地上挺身而出，狂热乱舞，实在是与古都的氛围不太相称。

# 书肆漫步

安利·德·莱尼尔的《威尼斯纪行》，是从放置在他案头的 16 世纪的墨盒写起的。可我却相形见绌，面前只有赶隆福寺庙会时购买的一只很不起眼的回青小罐。这只罐子虽然满身是伤，很不中看，可就其古旧的程度而言，却是属于我最喜欢的年代——乾隆年以前的物件。而且，它还能装整整一瓶的墨水，就其实用价值而言，无论大小还是形状，都很合适。初秋时节看着它的那种愉悦，使我感到亲切而温暖。

北京是一座宁静而美丽的城市，是一座被槐树、柳树、榆树浓荫覆盖着的城市。夏季来临，一簇簇浅红色的合欢花悄然开放，将古老的墙壁装扮得色彩斑斓。成群的白鸽如同空中撒下的银粉，闪烁着飞过青蓝的天空。高大森严的城墙，包裹着左右对称、肃然而立的宫殿、林荫道和雕塑。这些精巧的图案，又都蕴含着气势恢宏的大手笔。傍晚时分，姑娘们胸前佩戴着晚香玉或茉莉花编织的素雅花穗，漫步在王府井的街头、北海边的林荫道上，实在是一道不可多得的风景。

这个城市的姑娘们既青春活泼，又兼具古都女子那种典雅的稳重。无论相貌怎样，都显得清秀而恬静，见不到那种蛮横耍泼的丑态。她们能够始终保持如此优雅的姿态吗？即便你怀有再多的疑问，也可以这样认为：只要北京话始终如现在的东京话一样，不掺杂一点杂音，这种情形就会一直继续下去。我以为，无论男女老少，只要是地道的北京人，对于外地的风物都是不太容易接受的。他们长期生活在华丽的皇城根下，受到皇家气息的熏陶，其嗜好就显得纤美而又风雅奢华。就这一点而言，无论是菜肴、手工艺品，还是娱乐，以及生活的其他方面，没有什么城市能够超过北京。

大凡到过北京的道学先生，都必定要去琉璃厂的书肆走走，淘淘古书。当年，在朋友们寄回日本的书信中，我获知了有关琉璃厂淘书的信息。然而，遗憾的是谁也没有提起过紧挨着琉璃厂的就是柳暗花明的"八大胡同"。不知是由于内情不详，还是他们故意秘而不宣？

世有"书痴"与"情痴"之说。其中情趣或许截然不同，但在都能达到"痴迷"程度这一点上来说，并无什么差别。虽然还不至于潇洒到早晨得到宋椠的零本，傍晚就换成酒钱的程度，虽然喜欢女色的人未必就有爱书之心，但爱书之士却与好色之徒很相似。他们时而焦躁，时而陶醉，直至损害健康……如此书痴情痴，世间并不少见。被称之为"前门外"的地方，很容易勾起人们及时行乐的欲望。该处是"两痴"相连之地，根据各自不同的喜好，也算是人们去北京的兴趣之一吧。

陈宗蕃所著《燕都丛考》，是了解北京古今历史的简易读物，他说琉璃厂是书籍古玩荟萃之地，南新华街直穿琉璃厂的中心而过。其东面为海王村公园，是民国六年（1917）在厂甸的旧址上建造的。《顺天府志》则介绍属于工部管辖的琉璃窑，位于琉璃厂的北侧，其间的空地称为"厂甸"。正如人们所知道的那样，这里曾经是当年烧制用来修建北京漂亮宫殿的琉璃瓦的遗址，往昔的那段繁华的历史，现在恐怕已经鲜为人知了。

　　"琉璃厂瓦有黄碧二种，明代各厂俱有内官司之。殿瓦之外所置，一曰鱼瓶，贮红鱼，杂翠藻于中。一曰琉璃片，以五色渲染人物花草炼成，嵌入窗户。一曰葫芦，大或至径尺，其色紫者居多。一曰响葫芦，小儿口衔，嘘吸成声，俗名倒掖气。一曰铁马，悬之檐以受风夏者也。……"从《倚晴阁杂抄》所载可以得知，当时的琉璃厂除了烧制屋瓦外，还大量烧制琉璃瓦玩具。在这一带，无论你走到哪里，虽然再也看不到一点窑址的痕迹，但在狭窄的街道两旁，旧书肆、古玩铺却比比皆是，一家挨着一家。

　　午后的阳光强烈而刺目，满大街都是人力车夫高亢的吆喝声。就在这条街道的中间，有一家与日本人关系比较密切的书肆，店名叫"来薰阁"。《琉璃厂书肆记》的记叙，对于如今的我们来说，已经成为遥远的记忆。类似"古书通"老二西堂那样的书肆是否还存在？实在是件无法考证的事情。但来薰阁的老掌柜陈杭，可以说既是买卖上的高手，又是对古书具有相当鉴赏功力的行家。明代以前的善本，基本上都珍藏在店内的接待室兼卧室的书架上。进那间屋子，必须穿过书店的厨房兼餐厅的过道。我们路过时，可以看到许多学徒的小伙计手脚麻利地做着馒头，包着饺子，也不失为很有趣的一景。在那间书香弥漫的房间里，品尝着茉莉花香的热茶，偷得半日的闲暇，应该说是一种享受。从这间屋子往里走，穿过院子就是书库。整个书库被分隔成五六个房间，在做书库的同时，也是学徒伙计们的宿舍。里面放置了床具、桌子，四壁全是古书。这对于他们来说，就像是禅堂一般，是为了他们有朝一日能够成为"古书通"而设置的修行道场。房间的采光可以自动调节，所以，只有窗户旁边的桌子上面有光亮，整个房间给人一种幽暗的感觉。说实话，我特别羡慕他们能够幸运地与如此众多的古籍相伴。

在来薰阁这样的书店里，似乎总能感觉到一种悠闲的氛围，愉悦的心情便油然而生。书店虽说小了点，但看上去整体性还比较强，小巧而整齐，给人一种特别享受的感觉。海王村公园里的那五六处书肆也是如此。说起海王村公园，简直完全不像公园的样子，只是在进入大门之后有一个花园，迎面竖着一尊西洋风格的雕塑。再往后面就是一栋类似官府的二层西洋楼房，它的前院很空旷，两侧则满是书肆和古玩铺子。其中，群玉斋给我的感觉不错，普通的书籍都有，价钱也比较适中，很好打交道。这家店铺的掌柜名字叫张俊，河北武邑人，人虽年轻，却是买卖上的高手。傍晚时分，在孩子们纷杂的嬉闹声中，他居然能在客厅里有条不紊地查阅古籍，真的很有意思。窗外的广场上，凤仙花儿已经开始凋谢，雁来红在风中来回地摇曳着花穗。这样的书肆风景是完全与日本相左的。

在北京，要是说起古书肆的话，除了琉璃厂就是隆福寺街了。这是一条从城东的马市大街通往东四牌楼附近的东西走向的马路，由于它经过隆福寺门前，故而得名"隆福寺街"。隆福寺现在已是一座废弃的寺院，虽说完全失去了往昔的轮奂之美，但据很多古籍记载，它在明代曾作为朝廷的香火院，盛极一时，真是令人惊叹不已。如今，每月逢九、逢十在这里举行庙会。同时，隆福寺街也作为古籍"一条街"而闻名于世。

隆福寺的庙会，即是庙祀，来历十分久远。其时之盛况，唯有翻阅《天咫偶闻》《藤荫杂记》等古籍方可得知。每当庙祀之日，我总喜欢徘徊在这条马路上，而且总是看不够那一家又一家的露摊店。正当卖旧衣的商贩怪腔怪调地吆喝着价钱时，旁边那些被染成红色的家鹅，则在簸笼里大声地喧闹起来。手掌上摆了两只小巧的黄铜碗，用手指操纵铜碗使之发出或大或小声响的，则是卖清凉水的小贩招徕顾客的拿手好戏。卖品质可疑的翡翠的，制作糯米食品的，让小鸟停歇在丁字形木架上向路人展演挣钱的，包馄饨的，卖烧饼的……把人行道挤得水泄不通。那些混迹于拥挤的人群中，嘴里发出"老爷，太太，行行好"之类哀求声的，是一帮讨食的乞丐。女孩们被那些亮闪闪的玻璃饰品吸引着，蹲在地上怎么也不肯离开。露出肚脐的顽童们哭喊着，手脚麻利的扒手偷了人家的东西撒腿就跑……若有本事在如此混乱的街市上挤到寺院门前的话，再往东边去，就能看到卖盆栽的花店了，许多喜爱花卉的人都去那里凑热闹。石榴、夹竹桃、千日红、海棠、茉莉花、夜来香、霸王树等盆栽摆得满满当当，人力车和自行车挤在人堆里，不使劲挤的话，根本就没法前行。走进寺院的大门，卖货物的虽然也是摊点，但大部分都搭着篷布。那些价格便宜的杂货店、陶器店、厨房用具店、文具店、布店一直排到寺院的最深处。在市场最里边，一个个简易的棚子里，说相声、演杂耍、耍把式等各种小节目，只要花上两三个铜子儿就能随便看。这些情形，与在东安市场或西单商场里面看到的都一样。还有那些将神签驮在驴背上的占卜者，一只手提着凸面镜的相面人，将磁铁在地上滚来滚去招徕顾客的生意人……总之，到处都洋溢着庙会的喧闹气氛。

可是，平时没有庙会时，隆福寺街倒是一条宁静的街道，甚至连行人也很少见。要是想寻访古书肆，求得半日安闲的话，当然得选这样的日子。《天咫偶闻》中有记载，说的是当年的宝书堂与聚珍堂竞争的故事。但从现在的情况看，无论从哪方面说，文奎堂书庄都是首屈一指的。这儿的掌柜叫张寿彭，是河北交河人氏。与其说他是一位掌柜，倒不如说他是个寺庙里的杂勤和尚更合适。总而言之，北京的书店跟日本顾客的生意做得是好是坏，首先要看他在遇到新的顾客时，能否尽快地探知对方的阅读偏好，并且能够尽最大努力向对方提供喜欢的书籍，进而建立长期的合作关系。就我而言，对于那些不喜欢的书籍自然提不起精神，而若是发现了自己喜爱的书籍，则会毫不吝啬地掏腰包。在这一点上，文奎堂的张寿彭的理解力是超强的。我每次去他的书店，无论买书与否，他都会搬出各种各样的善本，讨得我的欢心。前几天，他还拿出每页十一行、每行十九字的极其珍贵的宋椠本《通鉴纪事本末》给我看过。那个宋椠本虽然缺页颇多，但出价也要四千金。从我平时买东西的情况推断，是绝对不可能买的。他这样做，也就是为了博得我的欢心，图个以后的生意罢了。

除了文奎堂之外，我还抱有好感的书店要数修绠堂了。店员都是河北出身的年轻人，掌柜孙诚巨在店员中是独树一帜的行家里手，整个书店的氛围令人心情愉悦。且不管他经营的技巧如何，仅是书店所具有的独特风格，就令人流连忘返了。一天，我去书店，见到店堂南墙边上坐着位老匠人，正在专心致志地制作书帙。北京的书帙价格十分便宜，与东京寒山寺制作的书帙相比价格要便宜好几倍，然而东西的质量却并不差。

我以为，北京的夜空其实很美，由于气候干燥，星星就特别亮。再加上天空深邃而高远，星星看上去就更像飘浮在空中一般。要是坐在北京饭店顶楼的藤椅上，享受着威士忌渐渐涌上来的朦胧醉意，简直就是极致的美妙了。在北京饭店的一楼，出售有与中国有关的各种语言的书籍。前些天，我买了本美国人编撰的《北平歌谣》。那是1932年商务印书局出版的简本，可第一卷出版后就再也没有出过续集。这可以说是意大利威特尔男爵作品的延续，收集了214首北京歌谣，采用的是原文与英文对照的写法。我想，偶尔欣赏一下这类读物也未必不是一件好事，大概也只有在北京这个地方才有阅读此类书籍的机会罢。由此可以看出，生活在这块土地上并没有失去风雅和豁达。中川纪元先生总是对我赞美北京，还说北京简直就可以跟巴黎相媲美。我总在想，能够像现在这样，住在北京树荫覆盖的胡同里，漫步在北京的街道上，读这么多的好书，恐怕此生中再难有第二次了。北京，我从心底里喜欢你的闲适与清丽。

# 一九三七年春·北京

　　我是1936年到北京留学的，时值抗日战争全面爆发的前一年。这年的冬天，鲁迅在上海逝世了。

　　当时，100日元大概能够兑换到98元的中国货币，物价低廉，北京的生活可谓舒适。我记得每个月只要花费10日元，就能请到一位相当不错的先生，每天上门来辅导功课。我聘请的是一位名叫奚待园的清朝末代举人。这位老先生一直在给日本驻华大使馆的翻译官清水董三先生辅导《红楼梦》，每周要讲好几次。我是通过清水先生的介绍，才请到了他。据说，他们家谱上有记载，乾隆皇帝的第三个皇子是他们家族的祖先。这是奚老先生最引以为荣的，而现在家道如此中落，他的内心自是十分痛苦。我住在孟公府小巷的深处，而孟公府正是奚老人出生和曾经生活的地方。所以，每天经过府第的门前来我的住处，对于奚待园老先生来说，可谓感慨良深。由于这层关系，喜爱读《红楼梦》的他，自然而然地就会联想到自己家道衰落的惨淡身世。年轻时，他无忧无虑地生活在气势恢宏的孟公府里，可现在失去了清王朝的俸禄，不能不说是个天翻地覆的变化。

他在朗读《红楼梦》时，不时地站起来，声情并茂地作着解说。有时候兴致来了，朗读的声音就会更加洪亮。他一旦开始朗读，就会全身心地投入，所有的说明啊注释啊，就全都丢开不管了。我能够清楚地感觉到奚先生在朗读《红楼梦》时那种别样的心情。可能是年轻时孟公府的梦想，又在他的心底复活了吧。

没多久我就发现，老先生朗读《红楼梦》的时候，声音有时会变得很低沉，几乎就像蚊子叫一般。刚开始我并不清楚其中缘由，后来，慢慢地发现了他的秘密，原来他是个吸食鸦片的"瘾君子"。当他朗读《红楼梦》的声音变成蚊子时，就是他没钱买鸦片的时候。一天，老先生显得特别痛苦，支支吾吾地要向我借30钱。他说肚子痛，要去买点药。我说既然是买药，那我去吧。可老先生无论如何坚辞不让，一定要亲力亲为。他接过我手里的30钱，急匆匆地出去了。再度回到课堂时，已然红光满面了，萎靡情绪一扫而光，诵读的声音依然那么洪亮而饱满。

奚老先生虽然有这个恶习，但事实上他是个不可多得的好人。他没有随着时代的变化而随波逐流，虽然落魄到了这般田地，但仍然不失高雅的品格，给我一种很可靠的感觉。在北京这样的故都里，陪着这样一位老人，每天诵读《红楼梦》，实在让人乐以忘忧。我当时有一种预感：这样悠闲的心情，以后恐怕再也不会有了。我觉得，对于我这样的外国人来说，请家教学习的效果很不错。所以，我在聘请奚老先生的同时，又延聘了一位大学教授和一位副教授。教授每月的授课费是15日元，副教授则是10日元，都是每周讲两次课，当然也是他们来我的住处。这样一来，奚先生每天上午9点钟来给我讲《红楼梦》。他的课结束后，每周还有四次，由教授和副教授分别为我讲授其他课程。据说，那位教授由于拿了我15日元的授课费，就将兼职的美术学校讲师的工作给辞了，倒是令我心生不安。后来，我听说他在美术学校的兼职，每月只有7日元的收入，也是每周讲两次课。这样说来，辞掉那边的工作是有道理的，反而倒成好事了。

　　教授是在音韵学方面很有造诣的赵荫棠①先生，他还是一位文学爱好者，有时也写写小说。我托人聘请老师，并不是想学音韵，我是想学六朝文学，谁知请来的却是音韵学方面的专家。见了面之后，我把自己的想法对他说了。赵先生马上说，那我们就一起学习六朝文学吧！答应得特别爽快。所以，我根本就没有接触音韵学，选读的是《汉魏六朝百三名家集》②。现在想来，我有些后悔，当初要是能跟赵先生学习一些音韵学方面的知识就好了。他嗜酒如命，是一位具有文人气质的男士。当了我的老师后不久，自然就演变成了我的"恶友"。他经常让一些我并不认识的人请我喝酒，还总是让他们付账。他有这么多可以用来帮自己付账的朋友，我暗暗地感到十分惊奇。

　　副教授是位年轻的南方人，说的方言很难懂，往往不知所云。他是专攻小说史的，所以，我跟着他读了一些珍贵的历史资料。他虽

---

① 赵荫棠（1893—1970）：字憩之，音韵学家，河南省巩县人。1924年考入北京大学研究所国学门研究生，1932—1939年先后任教于北京大学、辅仁大学等。
② 《汉魏六朝百三名家集》：又名《汉魏六朝百三家集》，是一部大型中国古代文学总集。明代张溥辑，共计一百十八卷。

然年轻，但为人耿直。我至今都认为，做他的学生也是受益匪浅的。

受"丰台事件"①的影响，中日两国关系变得紧张，从表面看，却好像什么事情都没有发生。转眼就到了1936年年底，两国之间表面平静的关系下实际隐藏着涌动的暗流。处于这种暗流之中，我却像个大隐于市的神仙，悄悄地读书、喝酒……从这个意义上看，赵荫棠教授给了我很多的影响。

不久，寒假来了，新年将近。当然不是阴历年的春节，而是阳历年的元旦。对此，老百姓是不感兴趣的，学校却全都放了寒假。当时，师范大学国文系的女学生想利用寒假做工，那位年轻的副教授对我说：找个女学生给你读读书吧。因为是老师的劝说，我就爽快地答应了，也算是给了他一个面子。他说，一个月的时间，每天都来，付6日元就可以了。每天折合才20钱，真是太便宜了。我虽有恻隐之心，可那是对方提出的条件，我就不便说什么了。

那位副教授的口音我是听不太明白的，心想，他要是再给我介绍个南方人来就麻烦了。见面一看，是位北京女孩，说的是地道的北京话，听着让人很舒服。虽然显得有点儿严肃，但眉清目秀，面容姣好。让她读点什么好呢？我颇费思量。最后，带着些恶作剧的心态，选了中译本的《查泰莱夫人的情人》。两三年前，在日本，围绕这本书发生了很大的争执。当时，市场上曾经卖过这本书的原著，但后来又不让卖了。可我到中国一看，这本书的盗版正在市场上堂而皇之地出售，并且译成了中文，中译本的书名叫作《查泰莱夫人的情人》。可见，与日本相比已经捷足先登了。我在日本买过一本中

---

① "丰台事件"：卢沟桥事变前，日军挑起的两起滋事事件，导致丰台陷入日军之手。

译本，马上又买了本盗版的，将两者进行对照，发现盗版本居然翻译得很漂亮。等到那位女学生来上班时，我对她说：就请给我读读这本书吧。没想到，那个女孩竟然十分平静地回答道：可以呀，不过，这本书的内容可吓人啊！看不出她有拒绝的意思。

就这样，她按时给我读《查泰莱夫人的情人》，读到某些章节时，她会说"这是不好的事情"，就跳过去了。我知道，她所说的"不好的事情"，指的是拥抱、接吻之类的内容，而真正"吓人"的地方，她倒是不动声色地读完了。这是因为这个女孩十分单纯，书上要是写得暧昧一点的话，她肯定就弄不懂了。为此，我觉得自己的"恶作剧"简直就像是犯罪一样不可饶恕，并深深地为自己的行为感到羞耻，可又没法中断，好不容易才把这本书给读完了。

又过了两三年，我利用暑假再次访问北京时，听说那个女学生与副教授结婚了。我不敢断言，那个寒假我让她读《查泰莱夫人的情人》的事情，后来他们夫妇是否谈论过。可只要我想到这件事，头皮就会有麻酥酥的感觉。

# 北京"封城"记

距卢沟桥事变发生转眼已经过去了一年半的时间。回忆当时我们仓皇躲进交民巷避难的那半个月，仿佛就在眼前。屈指数来，又不由得为时间流逝得太快而大吃一惊。

从7月7日卢沟桥事变，到27日封城解除的二十天时间里，我们心情的焦躁不安实在是无以言表。常听别人说，封城是很恐怖的。说实话，封城的确有许多不便，但并没有丝毫恐怖的感觉。倒是在决定封城前的二十天时间里，市区的治安状况每天都在恶化，让人心生恐惧。

首先，我们应该按照什么样的信号进入大使馆区域的交民巷避难？如果这个信号或指挥是秘密的，那么就不能按照常规进行撤退。要是大规模撤退的话，就会全部暴露在29军或是保安队的面前，日本侨民就很容易遭到他们的袭击。

他们在城中各处都作了攻击的准备。例如，在东单牌楼有两栋高层建筑物，其中的一处为文具商店，另一处为鞋店。一眼看过去，两栋高楼的顶端都配置了阴森森的装备，有人说那是机关枪。在市区的重要地段，在迫不得已需要进入交民巷"封城"的必经之路上，毫无例外地堆满了沙包。而这样的工事还在一天天增加。戒严令规定夜里10点钟以后禁止通行，很快又改成日落之后不允许通行。太阳还高高挂在天上，武装森严的保安队就出动了，开始警戒各重要场所，枪刺上闪出的寒光令人不寒而栗。那一阵子，中国北方很罕见地动不动就阴天，溽热的天气持续不断，炎炎大地散发着闷湿的气味。浓荫遮蔽的槐树之间，妖艳的合欢花如同一只只顽皮的小毛刷，迎风摆动。夜空依然那么纯净，无数的流星划过天空。而连续不断的隆隆炮声，就像沉甸甸的石块压在人们的胸口。

最初，日侨民会规定的避难信号是：白天就在原澳大利亚兵营的转角处悬挂一面日本国旗，夜间就放三响花炮。可那是明治三十三年（1900）义和团运动时所采用的方法。当时，日本人居住的区域比较小，这种方法很管用，可如今就不行了。

是的，日本人居住相对集中的地区是东单牌楼一带，可在市内各处还散住着数量众多的日本人啊。命令下达之后，采用什么方法才能保证所有的日本人能够安全地撤进交民巷的"封城"之中？这个问题在日侨民会会议上引起了激烈的争论，我们所关心的也只是这个问题而已。

街坊们奔走相告，说是形势缓和了，大伙的愁眉舒展开来，心里的石头也算落了地。可转眼之间，形势又逆转了，满街满巷四处告急……如此这般地反复了二三次，到了27日，一大早，大伙突然接到了避险的通知。

通知是在秘密状态下快速下达的，有电话的地方用电话通知，没通电话的地方就派人去传达，各个渠道都按照既定程序有条不紊地进行，所幸的是没有出一点儿差错。事实表明，事情并不都像人们想象的那么难。大伙看到事情进展顺利，也都松了一口气。

按照布告的要求，上午 9 点到 12 点，全体人员必须在三个钟头之内集中到大使馆区域。大家都只是随身携带了简单的行李，纷纷登上了汽车。我原想，大家平时都比较散漫，到了这种时候，心里肯定很难取舍，舍不得这样、舍不得那样的，场面一定让人看着心酸。可想不到的是，事实完全相反。那些曾经竭尽全力收集的古书等宝贝，好像突然间褪了颜色，仿佛不再那么珍贵了。事到如今，哪还顾得上什么财产？当务之急还是保全自身要紧，其他财产要是能够保全的话，自然是好。就连那些肥皂、牙刷、毛巾之类的日用品，在装进提包的时候，也还在脑子里琢磨了一下。有人说笑道：失火的时候难道还慌里慌张地在怀里抱个研钵吗？是啊，看看周围一片狼藉的样子，要是还在贪恋一只研钵的话，不免会被人讥笑。我在想，那些贵重的金银、重要的书籍都舍弃了，末了，却抱了个厨房用具在怀里……

"这个也不要了吗？"

雇工阿妈看见我把平时很珍爱的顺治年制的蓝色玻璃瓶丢弃在架子上，问道。

我带上提包和所有的钱，默然地上了洋车。

我居住的地方周围没有一个日本人。当洋车钻过几条弯弯曲曲的胡同，驶上宽阔的大街时，也许是由于过分紧张，冰凉的晨风吹在脸上，就像刚刮过胡子似的，有一种刺痛的感觉。留下看家的只有阿妈和男佣，我有些放心不下。后来还是咬了咬牙：万一遭遇不测，家里的所有东西就都随他去吧！这样一想，心里倒是平静了一些。他们站在门前郁郁葱葱的槐树的树荫里，祷告着，希望我能够早点回来。穿着红裤子的阿妈的女儿牵着弟弟的手，一直把我送到大街转弯的地方。他们都是心地善良的北京人。我所乘坐的洋车，将这一切都远远地丢在身后，向着南边急驶而去。

在前往避难所的途中，必须经过两三处挖了堑壕或是堆着沙包的关卡，保安队队员们的眼里闪动着警觉的光。我缩着脖子，每当通过一个关卡，都像越过一个大波浪，心里暗暗地一紧一松。不一会儿，洋车就来到了交民巷的北口，迎面是栽种着槐树与合欢等植物的花坛，左右各有一条道路通往里边。也就是说，有两个入口可以进入使馆区。右边的入口由英国士兵把守，左边的入口则由意大利士兵把守。

我是从左边入口进去的。有些人已经撤回了日本，所以，当时在京的日本人的数量大概有一千三四百人的样子。这些居住在所谓"北京村"的日本人，一下子全都集中了过来。可想而知，通往交民巷的道路是何等的拥挤。我一眼看过去，每个人手里的行李都是很少的，孩子们则像赶庙会似的，嘻嘻哈哈，来回乱窜。日侨民会的职员和志愿者们穿行于乱糟糟的人群中，安排住宿等事项，真是忙得不可开交。

封城终于开始了。起居必需的宿舍还是早就准备好的，也就是大使馆、正金银行、被大家称为"老公馆"的大使馆官员宿舍以及日本警察宿舍这四个地方。我跟中日实业公司职员的家人一起，住在正金银行楼上的图书室里。正金银行的大楼是一座院子围成的

"ㄷ"字形的红瓦建筑物。面对院子的是宽敞的围着白色栏杆的阳台，院子里长着一棵很大的紫丁香树，繁茂的枝叶伸展在空中。正金银行除了院子之外还有后院，宽阔的草地中间砌了个喷水池，灌木丛中，向日葵、美人蕉的花朵正开得十分明艳。院子一隅的墙根下，长着一棵大柳树。树下，摆放着一张白色的长椅。在如此凉爽的树荫下，我的耳边传来一阵阵激烈的炮击声。

"大概要封城多长时间啊？"

"谁知道呢。听说准备了一个月的粮食。"

"要是往日本本土撤退的话，就麻烦了。说不准还真要撤退呢！"

偶然听到别人的谈话，我心里的压力就更大了。银行雇用的园丁是个中国人，他始终若无其事，一心一意地侍弄那些盆栽花木。

在正金银行避难的一共是267人。由于场地宽绰，人数不多，所以，人们相互之间很快就熟识起来。尤其值得庆幸的是，正金银行这一组的厨师是扶桑馆的厨师，手艺很不错，所有的菜肴都由他一手操办，即使是酱汤、土豆一类的菜肴，经他的手做出来，就是与大使馆组、警察宿舍组的口味大不一样。说起扶桑馆，那里的女服务员也都在我们组里。有趣的是，在扶桑馆住宿的旅客也一起过来避难了，而且，在这里还依然保持着顾客与服务员的身份不变。我们这帮人在感到局促的同时，还要勉为其难地干洗衣服之类的活，可那些扶桑馆的房客们，却完全由女服务员们代劳，真羡慕死他们了。我们曾多次听到那些去过大使馆组的艺妓、舞女、女服务员说，那里的厨房经常会做夹生饭。由此可见，我们正金组这边所有的事情都家庭化，算得上是很温馨的。

开饭时，大伙从各个房间集中到院子里。院子中间摆放着大饭桌，上面放着做好的饭菜，碗里都盛得满满的。我们就像蚂蚁那样围在桌旁，站着吃饭，也有自带饭盒，把饭菜打回自己房间去吃的。

整天炮声不断，毫不夸张地说，轰炸的声音可以说震耳欲聋。登上楼顶，向遥远的南边望去，日军飞机轰炸南苑机场的场面历历在目。这对我们来说，可是有生以来第一次亲身经历战争。我们一边看着那冲天黑烟，听着震耳轰炸声，一边坚信交民巷肯定是安全的。尤其是 27 日之后，原先中断了的电话又恢复了正常，避难所与外界的联系得到了恢复，就愈加消退了我们心头的阴云。

然而，突如其来的"通州事件"快报，却又像蕴含着暴风雨的黑云般涌上了人们的心头。具体细节我们也不甚了解，只知道通州出了大事。听到这个消息，避难所里的一帮人个个都眉头紧锁，露出切齿痛恨的表情。在北京，或多或少与通州有关系的人很多。面对这些人，真不知该说些什么样的安慰话。事实上，面对坠入绝望深渊中的人说些不咸不淡的安慰话，是最空洞枉然的。因此，我只好选择沉默。双方都沉默不语，那个黑暗而绝望的深渊就更加深不见底了，人们也会没有止境地越陷越深。

连续很多天都在不停地下雨。一直都是很令人喜欢的北京的深蓝色的天空，这阵子为什么总是下雨呢？

"可能是打炮的缘故，才会这么下雨的吧？"

信奉天理教的老太太，在厨房里使劲洗着堆得像小山一般高的餐具，一边像是自言自语地说道。其他妇女都挺烦这个老太太的，可她却主动要求做这种别人不愿干的活。

通州近水楼的老板是个脖子有病的人，他要是想扭头朝别处看，就必须整个身体都转过去。他的行为很容易引人注意，但盯着他看的确很不礼貌。我也是刚刚来这避难时听别人说的。据说，这个近水楼的老板来北京时，恰巧碰上发布避难命令，就不容分辩地被集中到这里来了。随着通州的情况逐渐明了，他那忧郁的神情愈加使人感到悲伤了。他蹲坐在院子对面的台阶上，目光呆滞地盯着雨滴不停地跌落在盆栽橡胶树的叶梢上……他那憔悴的面容令我记忆犹新，仿佛就是昨天刚刚发生的事情。

在正金银行与警察署宿舍之间的狭长地带上，纵向插入了同样细长的西班牙公使馆。虽说是一栋不大的建筑物，却颇有情趣，漂亮得惹人爱怜。夜晚来临之际，窗户的灯光穿透森然的树林，悄然投射在正金银行的院子里。要是雨夜，空蒙的玻璃窗散发出去的灯光，看上去反而比晴朗夜空中的灯光静谧许多。

到底什么时候能够从"封城"中解放出来？大伙就像发现美洲大陆的船只上的船员一样，心里的焦虑与伤感交织在一起。由于这里是图书室，平时在屋里，大伙就顺手从书架上摸本书，漫无目的地翻着打发光阴。除了与银行有关的书籍外，剩下的基本上就是古书了。我把大村仁太郎、和田垣谦三、中江兆民等人的杂著读了个遍。书读累了，就步入后院，跟两三个人聊聊天。

一如往常地听着隆隆的炮声，我们开始有了坐牢般寂寞的感觉。

这段时间，院子里的饭桌经常成为日侨民会的会议桌，他们几乎每天都要举行会议。我们看着这些人不停地争论各种各样问题，却总听不到解除避难的消息，心里感到很悲哀。

"再坚持一阵吧！"

所有的人都这样漠然地自我安慰着，并且尽力干好分配给自己的活。分配给我的任务有两项：一是每天下午三点过后，跟其他两三个人赶着货车去大使馆那边运粮食，二是担任夜间一至二点的执勤工作。夜间执勤时，由于是夏天，我们聚在前院或是后院里说说话，个把小时很快就打发过去了。执勤人员四处走走，用手电筒东照照、西照照，检查用火方面的安全和风纪方面的问题，然后，就可以从特务机关领取西瓜消暑，大伙这时高兴得就像孩子似的。最令人开心的事情是，夜间执勤结束后，大家悄悄地下到后院的池子里，拧开喷泉的开关，享受淋浴的快意。刚开始那阵子，考虑到池子里养着金鱼，我不敢使用肥皂。后来，提心吊胆地用了一次，第二天早晨再去看时，肥皂水浑浊的痕迹已经不见了，红色的金鱼还像昨天一样，鲜活地畅游在水中。我尝到了甜头，从此以后，只要来这里洗澡都要擦肥皂。澡堂子也是有的，但人太多，很混乱。就这样，一直到最后，池子里的金鱼也没死过一条。

8月8日，日军进城。9日，以北边的灯市口、西边的南池子为界，居住在这些区域以东的人被解散了。"封城"半个月，在此次事变中，其他城市的日本人都回国了，北京是唯一实行"封城"的，所以，现在回忆起来还是感慨颇深。

# 空地与杂艺

　　无论寒暑，在街头的空地上或是热闹场所，最受大众欢迎的，就是站着就能看的杂艺表演。这些艺人能在数刻钟时间里让观众捧腹大笑。他们在演出的间隙，哀求观众往自己的盘子里投钱，这是艺人们谋生的手段。其中乐趣，无论在日本还是中国都是一样的。杂艺也未必非得在露天上演，在气派堂皇的戏院里演杂耍节目的也不在少数，这也是符合民间习俗的演艺活动。露天演出有露天演出的情趣，戏院表演有戏院表演的乐趣。忙碌的百姓，在艰辛谋生之余，站在街头被同样是谋生手段的杂艺表演逗得哈哈大笑，该是一件多么有意思的事情。"北京杂艺"是个统称，其种类却是千差万别。粗俗的有类似《莲花落》等乞讨时唱的"乞食歌"，高雅的有歌姬打着鼓演唱的优雅曲目。有的是为了博得同情，有的是为了惹人发笑，洋溢其间的情趣虽然不是一两句话能够说得清楚，但所表达的都是民众的欢喜与忧郁，是对人们心理的一种安慰。在这一点上，它们的功用是相同的。

　　要是把名伶在大戏院里演出的戏剧看作是大饭店的美味佳肴的话，那么，杂艺对人们精神的愉悦，就像在夜深人静的小巷里，或是烟尘迷蒙的大街上招徕顾客的小吃点心。在戏院里被观众潮水般的掌声所包围，因英雄人物的演绎激动得血脉偾张，或者为袅弱女子的钟情所倾倒……无疑，这些都是城市民众共有的娱乐方式。然而，在黄昏时分冷风飕飕的空地一角，或是在苍蝇乱飞的戏院里，被魔术师的戏法吸引，或沉浸在三弦悠扬的演奏声中，同样也是城市居民的娱乐方式。所以，我们不能一概地赞扬或者贬诽。这就如同我们对于正餐的美食与路边的小吃，不能一概而论地说谁是美味的、谁是不美味的一样。

　　我对北京的空地有着特殊的感情。站在空地上，看着那些探过墙头的榆树和枣树泛青的枝条，似乎感觉到了季节的微妙变化。听着商贩们停车清点货物的谈话声，世事变化的一幕幕仿佛就在眼前。当我在东直门内民房鳞次栉比的小路尽头发现空地，小憩片刻时，当我在南池子普渡寺附近的弯曲的小巷里发现口袋状空地，情不自禁停住脚步时，看着头顶上无数的燕子翩然飞过，孩子们在空地上玩耍、戏闹……这是在任何名胜古迹都不可能看到的市井图画。慢慢地，这些空地就成了杂艺、杂技表演的公开场所。杂耍艺人们充分利用这些空地，每天围着场子招徕顾客，有耍猴的，有演木偶戏的，有拉胡琴的……能够给观众提供短时间的娱乐。这些在空地与空地之间巡回演出的杂耍艺人，就如同空地上长出来的杂草，柔弱而凄美，却也深受百姓的欢迎和喜爱。他们是艺人，但并没有传世的名字，也不图观众的赞誉，只在意观众投在他们盘子里

167

的铜钱。观众投得越多，他们就越满足。不过，有些眼熟的艺人，孩子或老人们好像也是知道他们名字的。例如，总来我居住的死胡同附近空地上表演的艺人中，就有一位演木偶戏的"李哥"和一位耍猴的"王二"，都很得孩子们的喜欢。他们对于这样的称呼很满足。"李哥来了！王二来了！"孩子们边喊边跑，观众立马就聚满了场子。这些常客的捧场，就是对杂耍艺人们最好的奖赏了。

空地表演，说到底是颇有意思的。这种表演，对于那些平时大门紧闭的人家来说，也算是一个小小的社交场所。他们三三两两来到空地上，与别人打打招呼、拉拉家常，看看孩子们做游戏。对于那些散步的人来说，空地就像是一个窥视社会的窗口，透过它能够看到这个社会的世态炎凉。在这些空地上，能够侧耳倾听风筝的哨音，凝视晚归的鸦群。要是夏天，还可以借着月色，尽情享受夜晚的清凉。在整齐划一的街区规划中，保存这么一些形状不一的空地，对人们的精神是一种放松。最近，东京市内寸土不让地搞基建，楼房盖得如同森林一般，简直就让人喘不过气来。现在，在北京还能四处看到空地，真是件令人高兴的事情。而且，在随风摇动的狗尾巴草穗中，那些表演杂艺的艺人们，还有那些围着空地看热闹的百姓，都依然如故地重复着他们固有的生活，这是多么值得称道的事情啊。

说到戏院，实际上那是空地的延伸。北京的戏院，要是追究它的发展历程的话，追溯到头就是空地。相对于民居之间或是胡同里面的空地来说，戏院无非就是聚集的人多了一些，舞台大了一些而已。从本质上讲，还是属于"空地"的范畴。天桥也好，东安市场的里院也罢；西单商场也好，鼓楼的内街也罢，其实都与空地没什么区别。你可以选择黎明或者黄昏时分去那些场所看看，几乎连人影都看不着，四处都是静悄悄的，就如同踏入了一片空地。要是雨天，从东安市场五芳斋的窗口朝院子里看，里面到处堆放着杂物，也如同一片寂静的空地。西单商场的内院如今因火灾烧毁了，呈现在人们面前的是一片废墟。其实，在火灾之前，这里也与平常的"空地"是一样的。那时候，在内院的楼上，有一个叫作馨园球场的台球场。从球场的窗口往下看，与从东安市场五芳斋窗口所看到的情景几乎一模一样，只是后者要狭窄一些。这里每天上演许多杂艺杂技，而散场之后，也如同空地一样，静悄悄的，一点儿声音也没有。在馨园球场窗户的下面，有人用粉笔写了"西单大戏院"几个字，还写了《二进宫》《武家坡》等演出的剧目，有两位女演员每天都到场演出，一位姑娘稀眉疏眼，另一位姑娘则略微有些注抠脸（凹脸），前者唱老生，后者唱青衣，那位老生唱功可是了得。

在诸多的杂艺节目中，最精彩的要数大鼓。当然，说它精彩，倒不是指大鼓节目本身，而是因为演唱大鼓的演员多是年轻女性。要是去茶馆、茶社，或是坤书馆以及专门演唱大鼓的落子馆，首先听到的是那种尖利锐气的女声唱腔和三弦的弹奏声。听众们边喝着茶边闲聊，看上去似乎有些心不在焉。等到鼓姬登台，手持细细的鼓棒，边敲打面前镜饼一般大小的鼓，在三弦的伴奏下扭动腰肢开始演唱时，观众们这才像想起了什么似的，开始鼓掌、喝彩。一曲终了，马上又一位鼓姬登场。听众有的显得有些茫然，仿佛不知自己身在何处，有的在旁若无人地热烈交谈……虽然听众各有各的想法，但只要在这样的氛围中，看一看鼓姬演出服上亮光闪闪的玻璃珠子，心里就满足透了。鼓姬们的唱腔，对于他们来说，最多也就相当于美丽小鸟的啼鸣罢。

说来，大鼓的起源是很早的。宋朝陆游的诗句写道："斜阳古柳赵家庄，负鼓盲翁正作场。死后是非谁管得，满村听说蔡中郎。"这首诗被认为是最早提及大鼓的文献。从诗句中我们可以判断，那位"盲翁"肯定不是村上的人，而应该是位四处游历的艺人。当然，要是追溯它的起源，可能还远不止宋朝，也许是在更早的时代，用来祭神的一种仪式。可以肯定地说，这种大鼓最初必然带有明显的地方和乡土特色。流入城市之后，受到城市生活的影响，最终演变成了现在鼓姬演唱的形式和内容。随着祭神这种活动逐步衰落，原来的从业人员也就慢慢演变成了四处周游的流浪艺人，传播各种表现形式的杂艺。就这一点来说，在中国是可以找到证据的。从前面提到的陆放翁的诗中，我们也能窥见唱鼓词的流浪艺人的影子。据《东京梦华录》[①]记载，北宋时代是一个民间娱乐非常发达的时代。也许从那时起，大鼓词就作为一种纯粹的民众娱乐活动而传承下来了。元明清各朝是怎么传承发展的，由于缺乏资料，增加了考察难度，但从乾隆年间居住在北京西直门内高井胡同的张二所开的百本张书店出版的《大鼓词》这本书来看，这门艺术在当时已经非常普及。它不仅通过演唱的方式来传播，还印刷成书籍供人阅读，是一种广为人们喜爱的艺术形式。当然，演唱者也绝不会只限于女性。只是鼓姬演唱大鼓词，大概是近些年来流行的一种趋势。

　　现在演出的大鼓，远远不只一种，有着各种各样的流派。从张贴在戏院或说书场的传单看，有梅花大鼓、平津大鼓等流派。要是

---

① 《东京梦华录》：宋代孟元老的笔记体散文集，创作于宋钦宗靖康二年（1127），是一本追述北宋都城东京开封府城市风俗人情的著作。

从演唱弹弦的形式来分，现在北京演出的主要有北韵清口大鼓、南韵清口大鼓、北韵怯口大鼓、南韵怯口大鼓四种形式。梅花大鼓属于北韵清口大鼓，《西厢记》《渔樵耕读》《摔镜架》《宝玉探病》《黛玉悲秋》等都是这个流派的代表作。南韵清口大鼓，又称南板或卫调，同样也是借着《西厢记》《红楼梦》之类的艳丽词曲而流行。该流派的名角是金万昌，之后就再也没有能够与之相提并论的了。北韵怯口大鼓以前曾经流行过，现在已经衰微了。我打听白云鹏时，中国的同行告诉我说：白云鹏的唱法不是正宗的北韵怯口，他是模仿了其他人的唱法，所唱的内容大多是《三国志》《大清一统志》等。属于南韵怯口大鼓并且现在还在流行的，应该是平津大鼓罢。要说这个流派的知名人物的话，往远里说有文秃子，往近里说有文秃子的门生刘宝全。《草船借箭》《活捉张三》《长板坡》等曲目，都是南韵怯口大鼓的特色段子。

这四种形式的区别在于丝弦弹奏的扬抑和发声音调。我们这些外行人，根本就不可能明白其中的细微区别，留在脑子里的也就是个大概印象吧，诸如，梅花大鼓是怎样华美，平津大鼓又是怎样优雅。

与日本的"浪花节"①相似的节目，可能就是河间大鼓和铁板大鼓了。它们不仅曲调相似，就连表演的形式也很相似。在北京还有一种叫作奉天大鼓的。我觉得，这跟在奉天听到的大鼓完全是两回事。北京的奉天大鼓特别热情洋溢，而在奉天听到的奉天大鼓却显得那么阴沉晦涩。这只是我的一个大体印象，具体的细节恕我不

---

① "浪花节"：也叫"浪曲"，是日本的一种说唱艺术。表演方式为一个人说唱，并以三味线来伴奏。浪曲的讲述内容以通俗易懂的民间故事为主。

能一一说明。

鼓姬的唱腔给人一种很低俗的感觉。我也曾经怀疑过，是不是因为我是日本人，所以感到她们的声音低俗呢？事实并非如此。比如，我听京剧的演员唱戏，就丝毫不觉得她们的唱腔低俗。因此，说外国人一定会觉得鼓姬的演唱低俗鄙陋，这种看法是错误的。中国人对鼓姬的演唱，可能也有低俗的感觉吧。当然，这种"低俗"是否正是它的魅力所在？在这里我就不加评说了。鼓姬唱腔的低俗感，应该说与她们所化粉妆的低俗是有关的，具有很强的诱惑力。你要是在茶社的位置上坐一会儿，必定会看到一个男子游走在听众当中，手里打开一把折扇，上面写着十几支曲名。观众喜欢哪支曲子，可以指名道姓让鼓姬为他演唱，当然，小费是免不了要付的。他的劝说很顽强、很执拗，假如是日本人的话，可能会被他劝得火冒三丈。不要说前门外的"销金窟"了，就是被这些鼓姬迷惑得倾家荡产的年轻人也为数不少。张恨水所著《啼笑因缘》，之所以受到读者的欢迎，与其说是道破了北京情痴们的真情，倒不如说是因为张恨水用自己通俗的笔调，毫不留情地将鼓姬们的低俗揭示在了读者的面前。

说来已经是十多年前的事情了。当时，天桥的振华落子馆有个叫李秀英的鼓姬，她的母亲与秀英的师父胡桂山私通，被秀英的父亲知道了。李父一怒之下，杀了胡桂山。这个事件的来龙去脉，记录在以《李秀英鼓姬风流案》为题的小说中，曾经名噪一时。这部小说其实没有什么文学价值，只能算是一个猎奇故事而已。它通过对真人真事的描写，把凄惨的鼓姬生活以小说的形式生动地展现在世人面前。整个故事充满了鸦片的恶臭与诡计的阴险，最后的结局则是充满了血腥的味道。我不敢说这部小说是以哪个鼓姬的悲惨人生为原型而创作的文学作品，但我认为，一旦发生不测，她们当中的大部分人都会是这样的下场。正如花四宝最为拿手的唱腔《妓女自叹》中所唱的那样："爹娘卖妾上青楼，那顾女儿泪水流。"这难道不正是她们命运的真实写照吗？顺便说一下，《李秀英鼓姬风流案》分上下两卷，共十二回。初印三千册，民国十九年（1930）出版。作者署名"梦幻"，其人到底是谁，无从考证。

与大鼓相似的另一种表演形式是河南坠子。河南坠子虽说也是由年轻女演员演唱，但它不用大鼓，敲的是一块细长的板子。伴奏也不用三弦，用的是胡琴。给人的总体感觉比较寂寞，远不如大鼓那么热闹。所谓的"坠子"，就是小曲的意思。因此，它应该是以河南小曲为基础的一种具有乡土气息的艺术形式。《洛阳桥》《白猿偷桃》《密涧游宫》等，可以说是河南坠子的保留节目。听河南坠子，最能感觉到田园风味的是伴奏者间隔着加入的一两句念白，这是大鼓演出时根本没有的。我想，人们也许能够从这些念白中领略到乡村祭祀时悠长的歌舞音乐吧。

与音乐和曲子无关的讲谈类节目，称作"评书"或"说书"，用一把扇子表演所有的内容。日本也有同类节目。另外，还有被称作"醒木"的木板，用敲醒木来表示说书的段落。露天说书的情况下，敲醒木还有向听众要钱的意思。听众在听说书过程中，说书人敲醒木了，就暗示该考虑交费了。演出节目有诸如《列国志》《三国志》《绿牡丹》《水浒传》《聊斋志异》《三侠五义》《西游记》《五女七贞》《彭公案》等，都是发生在古代的事情，凝神屏息地听这些故事，正好用以打发漫长的春日时光。

清末被称为艺界"三大天王"的是戏剧界的谭鑫培、大鼓界的刘宝全和评书界的双厚坪。评书最流行的自然也属清末的北京了，现在也许衰落了，但在当时，天桥也好，东安市场也罢，说书的盛况可谓难以形容。据张次溪著《天桥一览》记载，那里也不纯粹是说书的地方。就像以前，有个叫作"天恩堂"的地方，据说那里除了可以听《西游记》，还可以看其他节目呢。此外，天恩堂还兼营一种叫作"沉香佛手饼"的药品。我想，这些地方可能就像日本的松井源水那样，是个半艺半商的场所吧。于是，我就开始在北京城里四处寻找半艺半商的营业场所。遗憾的是，最终也没有能够如愿。

　　另外，还有单弦和快板书。就说唱的形式而言，与"浪花节"很相似，除了有三弦伴奏，演员还手捧八角大鼓，敲击鼓边缘的小铃铛，用以打节奏。单弦很轻松活泼，而快板书在轻松活泼的同时，还给人一种豪迈粗犷的感觉。快节奏是单弦和快板书共有的特色。

　　以搞笑为主的表演是滑稽大鼓，其中有相声、双簧等。相声与日本的"漫才"①是一样的；而双簧则由两个人表演，一个演员在前面做动作，另一个人躲在演员的身后念台词，二人配合极其默契，就像一个人在台上表演一样。我在日本的曲艺场也看到过类似的节目。在以滑稽戏为主的杂艺表演中，用淫猥的词语或歌词博得观众笑声的比较普遍。北京的"碰碰戏"名优白玉霜，数年前曾经被驱逐出京，原因是她的演艺过于淫靡。当然，现在已经回来了。现在流行的相声、双簧节目中，最引人发笑的还是这些低级趣味的内容。不过，如今人们的看法好像已经宽容了许多。

---

① "漫才"：日本对单口或者多口相声的称呼。

魔术、相扑、练把戏……杂艺表演的形式可谓各种各样。在这三者之中，最值得一看的要数"练把戏"。它既不是武术表演，也不是曲艺表演，是介于这两者之间的一种表演形式。在青龙刀、长枪、铁锁的剧烈舞动中，少男少女们穿行其间，辗转挪腾，好不热闹。他们在被观众围得水泄不通的窄小空间里，做出一系列惊险的动作，博得阵阵喝彩。在这喝彩声中，他们会毫不犹豫地拿出盘子，乞求观众给钱。在这一点上，与其他的杂艺表演并没有什么区别。

　　与"练把戏"的灵动热闹相比，相扑就显得十分缓慢。表演者穿着类似柔道表演的服装，看上去很肮脏。表演者不仅有年轻男人，也有中老年男人。相扑表演最有意思的要数"独角戏"了。我在看到北京的"独角戏"之前，对于藤原明衡所作的《新猿乐记》中所写的"独角戏"为何物，简直一无所知。这个"独角戏"，就是一个演员钻进缝制成两个人形的道具服里面，四肢匍匐在地，两只脚穿进人形甲的服饰里，两只手穿进人形乙的服饰里。然后，让自己的手和脚纠缠在一起，又踢又打，看起来好像是两个人在决胜负。由于是一个人自己在纠缠，所以，下面的"人"活动的时候，上面的"人"也必然要跟着活动，看上去就像两个人在进行相扑一样，最后当然一起倒在了地上。这时，演员从特制的服饰里钻出来，向观众伸手要钱。而作为亲眼看他演出的观众，却怎么也不能相信刚才的表演是一个人所为。所以，还是把这类演出归结为"搞笑演出"更为合适。这种演出与在天桥、车库里上演的令人难以置信的爵士乐一样，都使我难以忘怀。当然，爵士乐是供人观赏的，绝说不上是"搞怪"。如果是在车库里演出的爵士乐，就更值得观赏了。四五个人组成的爵士乐队，使用的乐器就跟玩具似的。他们敲打着铁皮罐子，吹奏着折了的笛子和支离破碎的喇叭……他们演奏得很卖力，简直就是汗流浃背，这本身就显得很滑稽。例如，他们吹笛子的时候，能用口腔和鼻腔交替着吹，但整个曲调还是协调一致的，给人以明快、欢乐的感觉，绝不会出现凌乱的现象。我一直想弄清这种爵士乐的名称，但遗憾的是始终没能如愿。不过，这种既能愉悦视听，又具有观赏性的艺术形式，我很愿意推荐给大家。

说起来，在观赏性方面，最具美学价值的，我认为还是用剪影来演出的"皮影戏"。这是一种古老的艺术形式，已经濒临失传了。据我所知，有位天主教的教徒是皮影戏的传人，他居住在东四牌楼附近的一个陋巷中。一旦他老人家终老归天了，还有几个人能够传承这种唯美的艺术？实在令人忧虑。

花很少的钱就能消遣一个夜晚的皮影戏，既没有专门的剧场，也没有固定的演出场所，只有一间可以挂屏幕的房间，有乐器，有皮影，还需要两三个孩子当助手，这样，无论在哪里都可以随时演出。皮影戏的演出从夜幕降临，可以一直延续到深夜。仅是操纵皮影就很不容易了，更何况还要配上曲子、台词呢。一个人在幕后要学数个人的腔调或同时演奏数种乐器，要是没有得力助手的话，是无论如何也办不到的。在那间昏暗的房间里，演员从屏幕的后面打上灯光，屏幕上就会映出五彩缤纷的花的海洋，这是告诉观众演出马上就要开始了。这些花儿比绸缎上的花纹更加娇艳，更加灿烂，更加带有梦幻色彩。

就在观众入神地欣赏屏幕上的花儿的时候，演出开始了：《水漫金山寺》中茫无涯际的水的图影，《竹林计》中丛林失火的图影，虽是没有温度的大水和火焰，与预告演出开始时映在屏幕上的花儿效果同样逼真。刚才还是静悄悄盛开的花朵，很快就改变了形状，变成了水，变成了火，变成了人，变成了马，很鲜活地动了起来……我以为，在以观赏性著称的杂艺中，最有艺术价值的，当数这种皮影戏。

杂艺之中，还有一种在金麟宫戏社演出的"傀儡戏"。这种演出形式可谓是精妙绝伦，不过也面临着失传的危险。清王朝兴盛之时，由于受到宫廷的保护，得以流传和光大。以前，仅是北京就有七八家戏院演出"傀儡戏"，到如今，就只剩下金麟宫戏社一家了。

在六尺来宽的舞台上，搭着宫廷式的房子，房顶下面是可爱的木偶们的舞台，那些被杆或线操纵的木偶，就在这房顶之下为观众演起戏来。过去有华美的戏服、粉彩的装扮，而现在却是素面朝天、破烂不堪。不过，值得庆幸的是，金麟班传承了这个宫廷戏种，只是今后是否能够存续下去，还令人深深忧虑。

还是让我们回到"空地"这个话题上来吧。我喜欢在炎热的夏天漫步到什刹海一带游玩，被古老的柳树包围着的池塘，唯有这个季节仿佛完全改变了模样，一派欣欣向荣的景象。坐在茶社的椅子上，感受着荷花的清幽与茗茶的芳香，风雅顿时溢满心房。这里，也自然成了杂艺杂技演出的繁荣场所。往这边跑了许多次，日子不知不觉就过去了。渐渐地，天空的颜色变成深蓝了，花儿也褪去了艳丽的色彩，已是秋意渐浓了。再看看四周的空旷，更感到寂寞难耐。这里与其他演出场所不同的是，它随着季节的变化而愈显寂静，这种变化特别明显。秋意浓重之时，正所谓"十顷玻璃秋影碧"，空旷无际的什刹海边，即便茶社再怎样的鳞次栉比，也难以唤起杂艺观众们的兴致来了。

# 始皇帝、李斯与宦官

　　说起秦朝的始皇帝，自从司马迁作《史记》以来，对他的评价就没有一句是好的。搜尽天下书籍以焚之，捕捉天下儒者以埋之，大兴土木修建万里长城……把百姓推入苦难的深渊，简直没有一件事情不让人痛恨。受到堪称《史记》抄本的《十八史略》的影响，始皇帝的形象在日本民众的心目中也是很糟糕的。

　　中国官方对秦始皇的诸多恶行闭口不谈。对此，他们也做出种种解释，大意是：《史记》所记载的内容是迎合汉朝统治者利益的，诽谤前朝统治者的意识过于明显。始皇帝是中国最初的郡县制的创始人，是自治精神的支持者；他是一个改革进取的英雄；"焚书坑儒"是对反革命势力的镇压。汉朝统治者故意夸大其词，诽谤始皇帝，云云。

　　重新评价秦始皇，必须从当时的历史条件去考察，必须对他身边的亲信人物重新做出评价。其中，李斯便是首屈一指的人物，对他做出恰如其分的评价显得尤为重要。

可以说，李斯实际上就是秦始皇行政的幕后操手，他原本就是荀子思想体系的人物。不可否认，他与韩非子等人一样，都是法家思想的崇尚者。另外，他还是个非常聪明的文化学者，能够规制新的文字，推进社会的文明，可以说是功不可没。

秦始皇与李斯是相互依存的关系，就如同秦始皇必须依靠李斯才能成为始皇帝一样，李斯也是离不开始皇帝支持的。证据就是，始皇帝死后，新继位的秦二世身边的亲信宦官赵高得势后，李斯很快失宠，最终落得个腰斩的酷刑。也就是说，在与新皇帝身边亲信的斗争之中，李斯惨遭失败。

要说亲信的话，中国皇帝身边一般以宦官居多。秦朝的赵高开了先河，唐玄宗皇帝身边受宠的是高力士，后来清朝西太后身边的则是权力通天的李莲英。

一个男人，通过阉割手术，把身体弄残缺了，却成了一种特殊的官吏——宦官，这恐怕也只有在中国的历史上才能见到。过去，日本什么都跟中国学，可唯独这个宦官制度没有学，不得不说是非常明智的选择。这些身体有缺陷的心理变态者，也被认为是宫廷之中阴谋与弄权的最大祸根。

在玄宗皇帝的"沙龙"里，聚集了当时众多的诗人和音乐家。李白也是出入皇帝"沙龙"的成员之一。可据说，高力士与李白之间的关系水火不能相容。

诗人李白与宦官头领之间的关系剑拔弩张。李白著名的三首《清平调词》短诗，写于沉香亭北牡丹花宴的当天。那天，烂醉如泥的李白令高力士为之脱了泥靴。这自古以来就传诵于世间。我想，豪放的浪漫诗人李白一定不能忍受男不男、女不女的高力士的盛气凌人，而高力士也对李白的狂傲不羁、蔑视权贵心生芥蒂。这就是说，他们二人历来就脾性不合。对高力士的暗中活动，宫廷里也有人看不下去。宠妃杨贵妃最后的悲剧，要是追根寻源的话，根本原因还在于高力士与杨国忠的关系，以及一群党徒的作祟。

叶赫那拉氏西太后本身就是一个怪物，在这个怪物的周围，又聚集着以袁世凯为首的一帮怪物。其中，李莲英作为西太后的亲信，可以说发挥了很大的"怪力"。李莲英也是个宦官。自古以来，这些身体残缺的太监们，一般都有加害身体健全的官吏的嗜好，手段也十分残忍。光绪皇帝被软禁在中南海的瀛台，后来又转移至万寿山的玉澜堂。究其原因，也与李莲英那张阴森森的笑脸不无关系。他那天生施虐的嗜好，假以西太后的权杖而得以实现。观察历朝历代帝王的亲信，很少有能够成为一代师表或受到众人敬仰的，其中很大一部分脸色阴郁，心肠也十分狠毒。

由此可以说，作为始皇帝亲信的李斯，他的所思所虑是光明正大的，他的所作所为也是顶天立地的。这是因为他是一个健全的人，与那些肉体残缺、心理阴暗的宦官有着本质的区别，所以并不属于奸臣。

# 幻亭杂记

孙楷第先生给我位于北平什刹海边上的寓所起了个名字，叫作"池上草堂"。孙先生是个十分稳重的人，对学生可谓是诲人不倦、教导有方。我们的寓所附近风景优美，胜似江南。先生每周有一两次借着散步的机会，溜达到寓所来看望我。我是个天生放荡不羁的人，先生来看我时，我多有失礼之处，至今想起来还后悔不已。

夏天，草堂门前绿柳成荫，浓密的树荫一直覆盖到我们院子的中央。我坐在柳荫下，喝着白酒，吃着熏肉，读的书籍大多是八旗文学，或是黄装红签的升平署馆藏的曲本之类。在鼓楼一带的小书肆、古玩铺里，淘到这类书籍的机会比较多。

虽然草堂的院子里只有几棵紫丁香和盆栽的石榴树，但我并不觉得缺少草木的气息。那是因为，在北平，只要是靠近水的地方，都会有优美的风景。柳絮飞舞，编织着我们美丽的梦想；秋叶照水，更增添了山明水秀的景致。一棵老榆树，茂盛的枝条探过西边的墙头。榆荚被风刮着，发出"沙沙"的声响，在黎明的曙色中，总让人以为是下雨的声音。面对此情此景，我更不由得浮想联翩。

草堂只有十二间房子，北面隔着一条道路与古刹海潮庵相连，东面和南面朝向前海的湖水，所以特别寂静。不过，在这么寂静的环境里，听听那些细微的声响，倒也不失为一种乐趣。五月来临，阳光强烈了许多，野鸽子的鸣叫声从茂密的树丛中传来，听起来反而使人感到更加寂寞。湖对岸开着一家小棺材铺，一位肤色微黑、身材苗条的姑娘早晚都在胡琴的伴奏下练习唱戏，袅袅余音久久地回荡在湖面之上。她练功并不是消遣，而是因为要在茶馆卖唱，是谋生的需要。她唱的那段《卖马》实在是太精彩了。她大概十八九岁的年纪，唱的却是老生，年轻女子唱老生反而更有情趣，这使我难以忘怀。

冬季，湖面封了冻，成了我们去往鼓楼大街的一条近路。义溜胡同，听上去好像是一条大通道，其实不然，它只是一条勉强能通过一个人的狭窄小巷。胡同里有三四处算命先生的摊点，有一家粮店和一家鱼行。沿着这条小巷一直往前走，就可以走到鼓楼大街。要是从冰上走的话，出了草堂门一直走，经过义溜胡同，就上鼓楼大街了。这一路上，要是品品吴肇祥的茶，买些宝瑞兴的伏酒，吃吃老德顺的奶酪，再翻翻志城书局的古书……这样一来，所谓的"近路"也就不近了。宝瑞兴是一家老店，它以门楼上悬挂的大葫芦而名闻京城。店堂里还挂着名伶时慧宝的匾额，是端庄的楷体，前来购物的人们可以大饱眼福。这个店里卖的伏酒为"延年伏酒"，是北城第一名酒，味道很正，能与太平仓胡同的老店柳泉居的货相媲美。玻璃酒壶上贴着金光闪闪的红花纸商标，显得雅致而又可爱。

遗憾的是，自从民国三十四年（1945）春节开始，商标换成了"福禄寿"的图画，简直俗不可耐，令人生厌。不过，那纯香四溢的酒香却丝毫没有变化。志城书局的店主年纪大约五十岁，据说原本是蒙古族人，四方的脸膛，细眯的眼睛，总是穿着一身脏兮兮的衣服。但这个人的记性特别好，古书的数目可谓过目不忘；鉴别古籍也很有经验，是否端本，他一眼就能看出来。然而，他的店面上摆放的那些书籍中并没有珍本，基本上都是市场上流行的粗本。有趣的是，我竟然在那个书店里淘到了《钦定宗室王公功绩表传》，以及其他几本古籍。

要是不从义溜胡同去鼓楼大街的话，那就只有两条路可以选择：一是走银锭桥，进烟袋斜街；一是横穿义溜胡同，走湖边上，直达后门桥的桥头。

在烟袋斜街，有家名叫"金钟"的酱菜园。与卖伏酒的宝瑞兴的酱菜相比，金钟的酱菜口味要重一些，正对我的胃口。在这条大街的北侧，有座小小的龙王庙，庙里有眼水色清冽的井。这眼井的主人整天忙着做卖水的生意，附近的邻居们都来买他家的井水。那家的少妇，如同她家的井水一样，清纯秀丽。所以，在烟袋斜街一带，只要提起龙王庙后面卖水的内掌柜，几乎没人不知道。

要是不从烟袋胡同去鼓楼大街的话，可以选择沿着湖边走到后门桥桥头这条路。在湖水与桥头相连接的地方，还能看到古堤坝的遗迹。想必原本是一对临水而踞的石龙雕刻，现在只剩下其中的一只了。这尊石龙雕刻的头部已被风化，变得面目模糊，只有鳞片、龙爪、龙牙还依稀可辨。不过，从雕刻的风格来看，应该是明朝的石刻。多少年来，耳听淙淙的流水声，像个威武的精灵一般守护着湖堤。如今，这一带都被茫茫的尘芥覆盖，如果不下雨的话，桥下都是干涸的。

在这值得人们怜悯的石龙盘踞的岸边，住着一位中医。说起中医，很容易让人联想起白胡子老头。这位中医却是个白面书生，他的妻子也年轻美貌。看着她经常在门前洒扫的身影，我禁不住想：她与那位龙王庙后面卖水的少妇相比，真是毫不逊色，为什么人们对前者的评价就那么高，而她却没有人听说过呢？可能是庙后的少妇面容清秀，而桥畔的少妇则姿色丰艳。她的唱腔有时是清清亮亮的尖细，有时是苍苍凉凉的浑厚。如果用我们草堂里的花木来作比喻的话，庙后的少妇就像紫丁香花一样清秀，桥畔的少妇则像石榴花一般艳丽。

草堂的门房里住着一对做厨师的老夫妻。男人的名字叫桂惠臣，他妻子姓王。我雇佣了这位厨师，就经常能够吃到最美味的中国家常饭菜。刚上市的豌豆的鲜嫩，油菜、雪里蕻、青椒等配菜的丰富，苦瓜、独活的苦味，蘑菇、银耳的鲜美等，都是令我终生难忘的。我生来就喜欢果蔬，对于应时的果蔬有一种特别的渴求。而厨师老桂总是很用心，能及时把这些端上我的餐桌。最令我难忘的是，夏天的黎明时分，他会下到门前的湖水里，从一片茂盛的荷塘中采摘一片带露的荷叶，然后，把这片荷叶覆盖在粥锅的锅盖下面，立时就有绿色的水滴落入翻滚的粥里……这样的粥，颜色翠绿，我们称之为"荷叶粥"。青绿的色泽，清香的味道，若就着腌制的虾米或腐乳，便是我们八月炎夏最难忘的美食了。

我希望自己独自占有这个草堂，这成了我的"妄想"。而每每有人前来，我又会与他们做种种交谈，这便成了我的"妄语"。我之所以会有这么多的"妄想妄语"，实在是由于自己不谙世故。尽管孙楷第先生给草堂起了"池上"的名字，但我还是暗地里把它叫作"幻亭"。我给这篇文章起名"幻亭"，既可以音读，也可以训读，个人自便，随缘而已。

　　总之，我想说的是，"悲喜千般同幻渺，古今一梦尽荒唐"。尽管如此，却与曹雪芹的大家手笔无涉。于是，我便加上了"杂记"二字，以示区别。

# 论语

现在有些年轻人对于自己以前特别喜欢的书籍都有深刻的印象，所以就囫囵吞枣地背诵过几段。

回想当年，我读森鸥外的《泡沫集》采取的就是这种方法，还有《平家物语》①亦是如此。虽然只是背诵了一些段落或者章节，但居然都记住了，就连自己也感到很吃惊。

其实也没有什么特殊的原因，可能只是出于当时中学生的多愁善感吧。因为喜欢的缘故，含着眼泪高声朗诵，读着读着就背诵下来了。到了晚年，那些背诵的东西究竟对自己有过哪些帮助，也很难说出个所以然来。

我受的是十分老式的家庭教育。最初是跟着母亲诵读《日本外

---

① 《平家物语》：日本物语文学发展后期诞生的战记文学的代表作品。

史》①，后来又跟着先生诵读"四书五经"。父母让我学汉学，与其说是为了识文断字，倒不如说是为了使我懂得汉学是一个人精神成长的学问这个道理。虽然，诵读汉文实在令我厌恶至极，可奇怪的是，那些令我厌恶不已的诵读课程，在后来生活的道路上，竟然为我寻找到了人生前行的路标。

读《泡沫集》和《平家物语》，从少年多愁善感的角度而言，或许只是一种陶醉。可就在这样的诵读课业中，就在这种无聊至极、令人生厌的训练中，不知不觉对诵读的经书有了透彻的理解，潜移默化地形成了自己的人生观……由此，我总是怀着一种欣喜与惊恐并存的感觉。

在我诵读的那么多书籍中，《论语》是一部使我深受教益的著作。回想起来，《论语》并没有给过我什么珍贵的教诲，也没有能够帮助我树立什么崇高的理想。我读《论语》，采用的是随心所欲的方法。可我并不因此而感到惭愧，后来读书大多也采用这个方法。

例如，某日某时，要是遇到一个对自己很不友好的人。性子急的人就会生气吵架，事态闹得越来越糟糕。而这时，我的脑子里就会冒出《里仁篇》中的"君子喻于义，小人喻于利""见贤思齐焉，见不贤而内自省也""放于利而行，多怨"等语句，接着就会断定对方是个愚蠢的人，甚至会对他个人至上的行径产生怜悯的情绪。这就是说，能够使任性的自己心安的，就是在需要的时候想起《论语》中的词句，化解自己难堪的处境。这样做或许会被人耻笑，可我却觉得这是一个很好的解脱自己的方法。

---

① 《日本外史》：日本江户时期末年赖山阳所著，全书共二十二卷。

说到这里，您或许会以为《论语》总是这样使我得到安慰，其实不然，《论语》中阐述的一些内容是形成我巨大痛苦的种子，常常使我感到无可奈何。例如，我深感《里仁篇》中"士志于道，而耻恶衣恶食者，未足于议也"之句，是对我的痼癖最严厉的抨击。动辄追求逸乐、生来嘴馋贪婪的我，恰巧就被《里仁篇》中的言辞说中。这个道理我并非不懂，可自己动辄违背古训，每每读到这一句，就仿佛背生芒刺，有一种恐怖的火焰正在熏烤着自己身体的感觉。

　　《子罕篇》中的"子绝四——毋意，毋必，毋固，毋我"这句话也总是在折磨着我。这里所说的"意"，就是不主观猜疑，"必"就是不合时宜的坚持，"固"就是固执己见，"我"就是自私之心。对照之下，我深切地感觉到以上种种都是我自小就养成的毛病。夫妻吵架时，我让老婆去感悟这"四绝"，自己也条件反射般地自省是否犯了"意、必、固、我"这四种弊病，内心充满了悲伤的情绪。

　　以上现象可以称之为读《论语》却不懂《论语》。对于这本快被我背诵下来的古籍，从《论语》本身的角度讲，应该算是"孽缘"吧，而我自己，则近乎"老油条"了。

# 池上草堂

　　简直不可思议，最近一直是阴雨连绵的天气。从宣布第二次世界大战结束的那天下午起，日复一日地下着雨，就算天空露出了一点晴色，也马上会听到雨滴击打屋檐的声音。整整十七个日夜，空寂无助的雨滴声搅扰得我心情愈加沉郁。直到第十八天的早晨，终于见到了阔别已久的晴空。那天晚上，天空万里无云，碧空如洗，我终于松了一口气。我临近水边的寓所，院子里也看到了久违的萤火虫明灭的光影。我看着眼前难得的风景，禁不住想起卢沟桥事变当初，我们被封闭在交民巷的往事……

　　那时也是每天下雨。在正金银行的隔壁——西班牙使馆的玻璃窗上，一到晚上，就会看到蜡烛微弱的光影静静地映照在湿润的雨幕之中。在斜斜的风雨里，对面英国使馆庭院里栽种的树木，树叶翻卷着，颤抖着身躯。早上天色略一放晴，羽毛鲜亮的啄木鸟冒着纷飞的水滴，用它那尖尖的长喙，节奏明快地敲击着门前合欢树湿

189

漉漉的树干……如此这般的场景，就像一个个电影的片段，支离破碎地浮现在我眼前。从开始到结束，从风雨到风雨，似乎是在八年的风雨中结束的这一切。在这期间，"北平"曾经变成过"北京"，"北京"又一次回到了"北平"。我猫在北城水边的寓所里，闭门不出，苦熬岁月。

我从《红楼梦》中选了一句"菱荇鹅儿水，桑榆燕子梁①"作对联，特意写好贴在两扇大门上。新写就的对联，红底黑字，映衬在茂密的柳树丛中，十分醒目，总是引得行人驻足品读。

住在后门不远处东吉祥胡同的孙楷第②先生，特别喜欢来水边散步。他在散步之后，总是要到我的寓所来坐坐，这似乎已成惯例。与我的寓所相毗邻、同样临水而居的，是一栋小楼，叫"集香居"。因是它卖的酒既纯又香，每有访客，我便领着来到此处，临水赏垂柳，倾杯叙友情。不过，孙楷第先生是个滴酒不沾之人，喜欢慢悠悠地吸着烟袋听故事，所以，我们就总是坐在我的书房里喝茶闲谈。

孙楷第先生在小说、戏曲方面的研究成就，可谓现代中国首屈一指的人物。闲谈之中，他给予我的教益，是多方面的。从他那里所学到的东西，是我这一生中都难以忘怀的。我的感激之情自然溢于言表，而孙楷第先生对我却始终十分谦逊。我总是将自己的感谢与孙先生的谦逊作比较，深深地为自己的微不足道而感到脸红。在

---

① 菱荇鹅儿水，桑榆燕子梁：出自《红楼梦》第十八回《皇恩重元妃省父母 天伦乐宝玉呈才藻》。元春省亲令大家作诗时林黛玉代贾宝玉所作。意为鹅儿在长满菱荇的池中嬉戏游水，燕子从桑榆林中衔泥飞出，筑巢于屋梁之间。
② 孙楷第（1898—1986）：字子书，敦煌学专家、古典文学研究专家、戏曲理论家。

两年的时间里，孙先生俨然成了我的良师。他在《二十一史弹词注》《元曲校勘》《红楼梦》《小五义》，以及宋人小说等方面给予了我许多的教诲。回想起来，我去相距很近的东吉祥胡同拜访孙先生，总共只有四五次，而他几乎是每周一次，有时甚至两次来我的寓所。我们坐在柳荫疏朗的书房的一角，谈论着各种有趣的话题。

"战争是战争，学问是学问。对于以文化结缘的人而言，战争的胜负并不能改变彼此的友谊。"

战争结束后的一天，孙先生这样说着，目光平静地向院子里的石榴盆栽看去。石榴盆栽之中，果实累累而又鲜艳无比。

我对于孙先生的这番话将信将疑。这或许是中国人的社交辞令，也可能是胜利者的一种宽容心态，通过这样的言辞来表示自己的雅量？然而，很快我就为自己的猜忌与狭隘而感到羞耻。

孙先生每天的散步没有变化，而且每每散步总还是来我的书房坐坐，依旧是每周一次，或者两次。我们闲聊的内容，以及孙先生的态度也一如以往。

"一时想不通也是难免的，但要是从此一蹶不振就不应该了。"

一天傍晚，我送他到大门口时，孙先生一边凝视着水塘对面的白墙，一边语气坚定地对我说了这番话。那堵白墙的倒影在水面上不停地晃来晃去，很是耀眼。

"没关系的。"

我充满自信地回答道。

巨大的彩虹越过柳树梢头，横跨在门前水塘的水面上。孙先生拖着蹒跚的脚步，走过池塘畔的小径，消失在远处民居的屋檐下。

孙先生今年四十岁，眉心之间皱纹纵横交错，细小的眼睛深处闪烁着智慧的目光。他的沧州口音很重，说话时一律将第三声改成第二声。我们或是谈论贫穷的话题，或是闲聊阅读的感慨，或是历数学校里的不平之事……看不出孙先生有任何的不开心。我们谈论各种各样的话题，没有感到任何隔阂。如此，我在与他谈话时会流露出一种莫名的满足。实际上，他说的那些内容，对于我来说无害也无益，或者只是比跟上天说强一些吧。

新的北平城的上空，鸽群穿过清凉的空气，或高或低地翱翔着。尖利的鸽哨，从东方，从西方，从头顶上，雨点般地洒落下来。青天白日旗在迎风飘扬，钟楼的钟声发出清脆的鸣响。新发行的晚报，日胜一日地加印着份数，报童兔子似的穿梭于大街小巷。烟卷五包只卖 100 日元，一双鞋子的价钱已经降到了 50 日元。在这个人世间，人们虽说已经尽了最大的努力，战争的痛苦还是未能忘却，四周还是一派凄惨的景象。

"菱荇鹅儿水，桑榆燕子梁。"我寓所的大门虽一直深锁，这副对联仍以它明媚的色彩映照着凝碧的秋水。这期间，孙先生想起白居易的《池上篇》，将我的寓所命名为"池上草堂"。"且说池上草堂，一命尚存几何？"事到如今，民国政府开始没收日本人的财产，我的池上草堂也一定难逃厄运吧。孙先生关注的不仅仅是池上草堂，就连我家的厕所、厨房，他都给题上了"丰亭""予大"的匾额。实际上这是孙先生特意从《易经》中选出的词语。

"这座房子会被怎样处置啊？"

偶尔，孙先生也会露出担忧的神色问我。当时，听到社会上的传闻，说是胡适将要复任北京大学校长。那样的话，深得胡适信任的我的孙楷第先生，就一定会受到重用。

我的柳荫婆娑、临水而居的池上草堂的十二间房，不知会落入什么不相干的人的手里。每当想起这件事，心里感到悻悻然。虽说我的心里是不情愿的，但社会上的传闻一旦成真，我想，将这房子给孙先生，倒是一个绝好的机会。

近些年来，由于物价急剧上涨，孙先生的藏书基本上都用来换了粮食。对于爱书如命的孙先生来说，这一定是件痛苦万分的事情。其中，最让他不舍的，就是戏曲方面的珍稀版本全都落入了不相干的人之手。孙先生费尽心血收集的《也是园古今杂剧考》①研究资料，很大一部分也在他转手的书籍目录中。这是多么难得的书目，我非常渴望能够拜读。不知在什么场合，我向孙先生讲了这个想法，可孙先生只是默然相对、微微一笑而已，并不告知书目的有无。十多年前，他来日本做了一次时间十分短暂的访书旅行。在此期间，有位日本友人赠送了一批书籍给孙先生作为礼物，其中有五色石的翻刻本、柳北的《柳桥新志》，等等。这些礼物对于已经痛失了众多珍贵古籍的孙先生来说，只不过是一个陈旧的记忆罢了。我想，他会毫不吝惜地把这些书籍转赠给需要它们的人。

虽说他藏书的总量比以前减少了，但还是剩下了许多。其中，升平署②的剧本，自康熙至道光年间，按照时间顺序排列，十分齐全。商务印书馆版本的《元曲选》③，是依据明代的诸多剧本重新勘

---

① 《也是园古今杂剧考》：孙楷第著，1953 年上杂出版社出版。

② 升平署：清代掌管宫廷戏曲演出活动的机构，亦称南府，始于康熙年间。

③ 《元曲选》：成书于明神宗万历四十三年（1615），收罗了元剧的主要作家和作品。在众多的元曲选本中最为流行。

校的。这些都是十分珍贵的文献资料。尤其是后者，虽然臧晋叔①曾经大肆篡改过元曲的曲白，但经过孙先生对诸版本的勘校，人们能够一目了然地得知这些版本的来龙去脉。孙先生曾经谦逊地对我说过，这是在北平图书馆任职时的研究成果，至今还从来没有发表过呢。

王妈备了香烛，朝着暗蒙蒙的天空跪拜。由于担心下雨，很快就撤回了香烛案子。我在屋里吃着孙先生赠送的翻毛月饼②，一边看着王妈的一举一动。

"中秋节要是下雨的话，来年春天的灯节就会下雪的。"

王妈说完，退回了自己的房间，与丈夫桂厨子喝茶闲谈去了。

我离开池上草堂回归故国的时候，已是池塘边柳树的芽苞展露鹅黄的时节。所幸的是，直到回国，我都寂静而愉快地生活在自己的草堂之中，并未受到任何的打扰。

"你就要回国了，看不着今年的柳絮啦……"

临别之际，孙楷第先生满怀留恋地说了这句话。孙先生的夫人也怀抱着孩子，将我送到院子里。步出大门，面前就是流水已经干涸的西河沿。我朝偏北的方向走去，穿过帽儿胡同，踏上了后门桥头。回过头来，深情地望一眼这个发生过许多事情、我生活了一年零八个月的地方，留恋之情一时竟无从说起……

---

① 臧晋叔（1550—1620）：名懋循，字晋叔，号顾渚。明朝万历八年（1580）进士，官至南京国子监博士。他精研戏曲，兼长诗文，曾与他人修改过汤显祖的"玉茗堂四梦"。

② 翻毛月饼：它的前世是苏式酥皮月饼，也称姑苏细点。外形光如满月洁似白玉，吃后唇齿留香。它的名字来源于慈禧太后。